U0478164

主编　凌翔

当代著名作家美文自选集

每个生命都不简单

张冬娄　著

民主与建设出版社
·北京·

图书在版编目 (CIP) 数据

每个生命都不简单 / 张冬娈著 . —北京：民主与建设出版社，2019.12

ISBN 978-7-5139-2752-9

Ⅰ. ①每… Ⅱ. ①张… Ⅲ. ①散文集—中国—当代 Ⅳ. ① I267

中国版本图书馆 CIP 数据核字（2019）第 248148 号

每个生命都不简单

MEIGE SHENGMING DOUBU JIANDAN

出 版 人 李声笑
著　　者 张冬娈
责任编辑 周佩芳
封面设计 陈　姝
出版发行 民主与建设出版社有限责任公司
电　　话 （010）59417747　59419778
社　　址 北京市海淀区西三环中路 10 号望海楼 E 座 7 层
邮　　编 100142
印　　刷 唐山楠萍印务有限公司
版　　次 2020 年 1 月第 1 版
印　　次 2020 年 1 月第 1 次印刷
开　　本 710 毫米 ×1000 毫米　　1/16
印　　张 13
字　　数 200 千字
书　　号 ISBN 978-7-5139-2752-9
定　　价 49.80 元

目　录

第一辑　亲情密码

第二辑　智慧时空

第三辑　文史纵横

第四辑　岁月长廊

第五辑 健康养生

第一辑　亲情密码

人生有涯，亲情无价。只有家庭和谐稳定了，整个社会才会和谐稳定。而有效的家庭教育和良好的亲子关系是家庭和睦的关键。这一版块的文字，既有对育儿方法的具体描叙，又有对亲子关系的深度思考：学会尊重，适时陪伴，感谢，感恩，孝顺，担当，换位思考，推己及人……

给孩子心疼父母的机会

好几天不见网友玲子上线，我心里正有点想她，中午吃饭的时候就忽然接到她打来的电话，原来她这几天正在饱受病痛地折磨。

“不知为什么，这次感冒前所未有地严重，烧得我都神志不清了，每天晕晕乎乎的不知道自己在做什么。”玲子很疲惫地跟我说。我关切地问她：“你没有卧床休息两天吗？”她说没有，这两天像平常一样，除了每天看着家里的店面，还得给她儿子和儿子的女朋友做饭吃，只能挤出点时间去打点滴，我听后欲言又止。

我知道她儿子还没结婚，但儿子的女朋友已住在她家，两人每天都睡到日上三竿，从没说要帮母亲做点家务。作为母亲，玲子心甘情愿地伺候着成年的孩子们，哪怕是像今天这样带着重病也任劳任怨。但我总觉得，她的这种慈爱既是对自己的虐待，也是对孩子那颗孝心地忽略与漠视。长此以往，孩子原本柔软和温暖的心会变得坚硬和冰冷。

好在我不是玲子。

那天我下班回家，见女儿和老公在厨房里忙得正欢，就踏踏实实地坐在客厅沙发上喝水。不一会儿，西红柿鸡蛋打卤面就上桌了，面上铺的是女儿切的黄瓜丝，细得赛过火柴梗。老公笑眯眯地对我说："你看你多有福啊，我们爷俩刚把饭做熟，你就到家了，啥也不用收拾就直接上桌子吃了。"我嘿嘿地乐着："我也想早点回来做饭呢，可是非得这个点才下班，我也没办法。"

吃完饭，我直接往沙发那边去了，一边走一边可怜巴巴地说："闺女呀，我今天头疼，碗筷你收拾一下吧，等好受点的时候我再收拾。"

"嗯。妈，你去歇着吧，收拾桌子、刷锅洗碗都包在我身上！"孩子慷慨地答应了，一副很有成就感的样子。

我知道自己又得逞了。每次身体微恙，只要女儿在身边，我就使劲儿地装可怜。女儿马上就会把家务活儿悉数包揽，我只需要窝在沙发上，享受有女儿伺候的美好时光。当然，女儿懒得动的时候，我也会把所有的活给包了。

我其实是想对网友玲子说：女人啊，病了就好好吃药，累了就好好休息，不要搞得自己像架永远停不下来的机器。要给孩子心疼自己的机会，让孩子在对父母的照料中体验爱和责任。

拯救“电子娃”

儿子最近迷上了电脑游戏，饭不正常吃，觉不按时睡，真是两耳不闻窗外事，一心只在网中游。简直成了个“电子娃”。怎么办？强行断网？显然过于简单粗暴。给电脑设置登录密码？又搞得防儿像防贼，伤害母子感情。看来得另辟蹊径想新招了。

这天，儿子很羡慕地对我说：“人家晓宇的妈妈可好了，每天都陪他打羽毛球，还经常带着他到处去旅游。”儿子一向喜欢户外运动，尤其是旅游，可是因为我这些天瞎忙，已经好久没陪儿子了。歉疚之外，我不由得灵机一动，对他说：“从现在开始，妈妈愿意为你改变，也带你打球，带你旅游。不过，咱得签订个君子协定。”说完我起身拿来纸笔写到：

君子协定

一、妈妈每天陪儿子打羽毛球半小时，儿子每天上网 20 分钟。

二、妈妈坚持每天陪儿子打球满一周，周末带儿子去一个新地方；儿子坚持每天上网 20 分钟满一周，且周日戒网一天。

三、儿子彻底离开电脑游戏，妈妈带儿子去黄山旅游一周。

写完后我郑重地在“妈妈”后面签上“同意”二字，递给儿子。

儿子拿着协定看了一遍又一遍，激动得小手直抖，有点不敢相信地问道：“妈妈，我要是签上‘同意’，您真能每天陪我打羽毛球吗？”“能！不信你看我表现！”我拍着胸脯说。儿子一听竟拍起手来，“好啊好啊，妈妈做得到，我就做得到！”

这份“君子协定”，张贴在电脑旁边的墙上，并附上一张时间表。做到时就在表上打个“√”，否则就画个“×”。

第一天，我推掉中午的聚餐，破天荒地陪儿子打了半小时的羽毛球，儿子一身的汗水满脸的笑。晚饭后，儿子遵守约定，真没坐到电脑前。但随着时间地流逝，还是坐卧不安起来：一会瞅瞅时钟，一会看看电脑，好像在算计着时间。第二天很顺利。可是到了第三天，儿子忽然小声问我：“妈妈，如果今天我们不打球，我能多玩会儿游戏吗？”“不能！因为我们是君子，君子承诺的事情怎能随意改变呢？”儿子的小脸“唰”的一下，就红到了耳朵根，只好嗫嚅着“嗯”了一声。

第一周，儿子就在这反复的摇摆中坚持了下来。周末我们去了红石峡。置身其中，儿子兴奋得两眼放光：“妈妈，这里的红石头和绿瀑布真美！我都不想离开了。”

到了第三周，儿子对电脑游戏的痴迷程度明显下降，只是偶尔上去看看，10分钟左右就下来了，而我也在不折不扣地践行着自己的承诺。

当第四个周末来临，我竟然惊喜地发现该带儿子去黄山旅游了。经过一个月的努力，我终于用自己的耐心和恒心，成为儿子最好的陪伴，一步步引领他从虚拟的游戏走向多姿多彩的现实。

其实每个“电子娃”都很孤单，能够拯救他们的恰恰是家长适时的关爱与陪伴。

耐心种出“太阳花”

“妈妈，我想出去玩儿会儿，行吗？”三岁半的儿子眼里含着满满地期待，可怜巴巴地恳求我。我走过去看了看他的作业。天呀，原本十几分钟的作业才写了不到一半！这样的情况最近已经发生好几次了。不但作业是这样，画画也如此。儿子老想着往外跑，一点耐心都没有。这样下去养成做事半途而废的坏习惯可怎么得了？！

为了培养儿子的耐心，我不知牺牲了多少亿个脑细胞，直到那天看到《布奇种花》的故事。晚上，儿子躺在小床上，我坐在儿子身边，笑呵呵地对他说：“小宝，妈妈今天看了一个有趣的故事，你想不想听？”一向喜欢听故事的儿子一下子从床上坐了起来，忽闪着大眼睛，拍着小手高兴地说：“想听想听！”

“从前，有个叫布奇的小朋友跟两个小伙伴一起，把太阳花的种子种在花盆里，想看看谁的花最先长出来，谁的花长得最大最漂亮。心急的布奇老是觉得花儿长得慢，不时地扒开花盆里的土看看。后来小苗长出来了，他又觉得小苗长得慢，竟然用手去拔苗，结果别的小朋友的花都开了，布奇的花却枯死了。”

讲到这里我顿了顿，然后不失时机地问儿子：“小宝，你说布奇的太阳花为什么没有开呀？”儿子双手托着下巴，断断续续地说：“嗯……布奇，布奇太着急，把太阳花拔死了。”

“小宝说得真好！就是啊，布奇因为没有耐心，把花养死了；小宝因为没有耐心，写不完作业画不完画儿，没耐心可不可怕呀？”

儿子重重地点一点头，红着小脸低声说：“可怕！那后来呢？”

“后来呀，布奇认识到了自己的错误，重新种了一盆花，经过不懈地努力，终于开出了又大又漂亮的太阳花。”

听完故事，儿子开心地笑了。然后一脸严肃地对我说：“妈妈，我要学习布奇，变得有耐心，写完作业画完画再出去玩儿！”

“光说不行，我可要看你的表现哦！”“嗯，拉钩！”儿子白胖的小指紧紧勾住我的小指：“拉钩，上吊，一百年，不许变。”儿子稚嫩的童音在整个房间里回荡。

“拉钩”后的第二天，儿子放学回来就乖乖地坐在书桌前，头也不抬地写起作业来。写完作业还画了一幅画贴在墙上，画里有个小朋友在看着自己的花儿甜甜地笑，孩子告诉我那是“布奇和他的花儿”。第三天，儿子举着一张奖状蹦蹦跳跳地回来了。原来他的画《小宝和布奇的太阳花》得了个二等奖。一周后，儿子作业本上又被老师贴上了一朵漂亮的“太阳花”。儿子把作业本举得高高的，雀跃着向我报喜：“妈妈妈妈，我也有‘太阳花’了！”看着孩子开心的样子，我的心沉醉在美丽的夕阳里。

是啊，只要拥有了耐心，每个孩子都是布奇，都能种出属于自己的“太阳花”。

那道亲情的篱笆墙

周末逛街，一阵悦耳的歌声飘进耳朵：“花园里，篱笆下，我种下一朵小红花……”这奶声奶气的童声一下子就浸入我的心田，让我想起与老爸老妈一起夹篱笆的时光，想起那道亲情的篱笆墙。

那时，总是老爸先围圈儿用铁锹挖出一道半尺深的沟。沟不能太深，太深了，篱笆墙就太矮了，挡不住鸡鸭的入侵；也不能太浅，太浅了篱笆墙容易被大风刮得东倒西歪，甚至被连根拔起。只有深浅恰到好处，才能够夹出一道结实美观的篱笆墙来。所以这技术含量高些的活儿总是由老爸来做，老妈则哄着我们姐弟四个拣出那些看上去粗壮高大的玉米秸秆，剥掉上面干枯的叶子。为了提高夹篱笆的速度，聪明的老妈就领着我们几个展开剥叶子的竞赛，看在相同的时间内，谁劈出来的玉米秸秆又多又洁净。

每到这时，嘻嘻哈哈的我们因为要互相比赛，都会一下子安静下来，只听见“刺啦——刺啦——”剥叶子和“嗒儿、嗒儿、嗒儿”撂秸秆的声音。不一会儿，我们几个人的左手边就摞起来一摞光滑整齐的玉米秸秆。而此时的老妈也忙得正欢：她把我们剥光叶子的玉米秸秆接过去，就拢到自己左手边，然后一棵一棵地用大砍刀把玉米秸秆儿的根部剁掉，只剩下一根光溜溜的秸秆。

当我们比赛有些累的时候，老妈就让我们停下来歇歇，开始给我们说那些老掉牙的童谣。当我们把玉米秸秆剥得差不多时，就得在篱笆中间的位置绑上一道结实的“腰儿”。只见哥哥把光溜溜的玉米秸秆抱到老爸挖好的沟边，一把一把递到老爸手里，老爸则把它们排成一排，插进事先挖好的沟里。哥哥和姐姐就赶紧用手把两边的土拨拉到篱笆的根部，用脚踩实。妈妈找来结实的木棍、钳子和铁丝。每当夹到一米半到两米长，就该使“腰儿”了。哥哥在篱笆里边，姐姐在篱笆外边，一人托着一根差不多粗的木棍使劲挤着。篱笆里面的老爸从容地剪下一段铁丝，从秸秆缝隙里穿过去，再掏过来，然后把铁丝的两个头搭在一起用钳子拧紧。这样，这段篱笆墙便整齐美观且结实耐用了。这样一段一段地捆着“腰儿”走，等最后一段篱笆墙也被捆绑得结结实实时，老爸就会拿来一把给果树剪枝用的剪刀，再围圈把参差不齐的篱笆尖儿修剪得像花圃里的冬青一样整齐。

看着这道整整齐齐漂漂亮亮的篱笆墙，我们全家人都格外开心。那时几乎每到清明前后，爸妈都会把我们姐弟招呼在一起，夹上这么一道漂亮的篱笆墙，在劳作中体验快乐，在合作中感受幸福。

随着时代的变迁，矮矮的篱笆墙早就被高高的红砖墙替代了，而那道亲情的篱笆墙却在我心里，从未消失过。

梨花蜜

小时候，老家的宅院里种着两棵碗口粗的梨树。一到春天，树上便开满了洁白如雪的花朵，它们挨挨挤挤地缀满枝头，馥郁的芬芳引来蜂蝶无数，在花间翩翩起舞。年幼贪吃的我时常看着忙碌的蜜蜂们好奇地想：花里会不会有它们不小心丢落的花蜜呢?

这个念头一经出现就成了夏天的野草，一日比一日茁壮。终于有一天忍不住趁爸妈哥姐都不在家时开始了验证行动。我伸出胳膊使劲儿向上够，却怎么也够不着。于是回屋搬了一把椅子出来，小心翼翼地登上去。蜜蜂们知趣地跑去远一点的花上采蜜了。我伸出小手，掐了一朵梨花，撕掉洁白的花瓣和花蕊，看到那个盛有黄色液体黄豆大小的花托了，就像一个袖珍的小小茶碗儿，里面盛着少许金色透亮且黏稠的液体。我小小的舌尖轻轻地舔下去，哇！好甜呀！一直甜到心里头。那是一种无与伦比的别样的甜，甜里还带着一种让人回味无穷的沁人心脾的香。这种又甜又香的味道让我着迷，也让我上瘾，让我几乎成了乐此不疲地偷食这梨花蜜的“累犯”。

因为是偷吃，所以很怕被发现，每次享用后都会清理现场，把地上那些物证（花瓣和花托）扫干净扔到东边的河坑里，再把椅子放回原处，装作什么也没有发生的样子。为了不被发现，我从不把一簇梨花都掐干净，拣着密的地方掐几朵，就挪个地方再去更密的地方掐。

当我围着圈地把能够到的花都稀疏得差不多时就收手。我一直聪明地以为自己做得天衣无缝，所以才一直能够得逞。直到有一天我在窗外无意间听到父母的对话——

母亲奇怪地问："你有没有发现咱家那两棵梨树上的花很奇怪呀？下面的一小圈跟上面的不一样，上面的密密麻麻，下面的稀稀落落。"父亲笑着答："我早就发现了，我还发现每年摘梨的时候下面那一小圈梨个头格外大呢！""怎么会这样呢？"母亲不解地问。父亲说："这都是老三那鬼丫头干的，有一回我下地干活儿回来，拿铁锹时看见她在椅子上够那些花儿，我怕吓着她，就从邻居家拿了一把。是她一直在帮梨树疏花儿呢，呵呵！"

我一下子愣在那里：原来我的一举一动早就被明察秋毫的父亲看在眼里，他看到我在够花，也一定看到我舔食花蜜时那贪婪的样子。可当他面对母亲的疑问时，却把这贪婪美化成了帮梨树疏花，他的宽容和慈爱就像一泓清洌甘甜的山泉水，同那香甜美妙的梨花蜜一道，润泽了我的整个童年！

老妈眼里的“另类”孝顺

老妈已经 90 岁高龄了，依然身子骨硬朗，精神头十足。最近有个电视台找来了，说要录制一期跟孝顺有关的节目。

平时就喜欢给老妈买衣服的我这下张罗得更欢了。从衣服的颜色到款式再到大小肥瘦都进行了精心细致地挑选，直到自己满意为止。到了去录制节目的这一天，我把自己买来的新衣服和新鞋子拿出来，没想到老妈嫌我买的衣服花哨，好说歹说才在我的哄劝下穿上。

我和大姐陪着老妈来到电视台参加这档节目的拍摄。主持人问完老妈的年龄就说老妈的新衣服看上去很漂亮很喜庆，把整个人衬得更加精神了。我听了心里那个美呀。主持人紧接着话锋一转，问老妈：“大娘啊，您觉得您这俩闺女对您孝顺不孝顺啊？”

老妈想都没想就嘎嘣脆地说：“大闺女孝顺，二闺女不孝顺。”老妈这话一出，不但我愣住了，连主持人也愣住了，不解地问：“那您说说您二闺女怎么个不孝顺法。”老妈说：“她成天地老琢磨着给我买新衣服穿，这不，我身上的这身就是她买来硬给我穿上的。”

主持人一听就乐了："这多好啊，把您打扮得体体面面漂漂亮亮的。"老妈一听就不高兴了："好什么呀，她自己臭美点就臭美点，干吗还拉上我呀？我今年都九十了，还花那么多钱臭美个什么劲儿？！再说，我打年轻的时候就不喜欢打扮自己，老了老了倒捯饬起来没完了，像什么话？我就喜欢我大闺女这样的，朴素、节俭。电视上怎么说来着？哦，对了，是低碳。除了低碳，大闺女事事都顺着我，不像老二，今儿给我买衣服吧，明儿带着我去旅游吧。她还不让我下厨房做饭，非要一个人全包。我这辈子最喜欢干的事儿就是下厨房做饭了。"老妈一边说一边笑着看了看大姐，眼神里满是慈爱和欢喜；又笑着看了看我，眼神里竟然充满了疼惜和无奈。

直到这一刻我才明白：老妈眼里的孝顺原来如此简单，事事顺着她的心意就行。而我，这些年来一直按照自己的意愿和喜好，做着自己认为孝顺的事情，从来都没有用心跟老妈沟通过，最终成为老妈眼里不孝顺的女儿。

做节目回来，我对自己的行为进行了深刻地反思。终于明白：孝顺不是儿女用来展示给世人看的包装，而是父母内心实实在在的感受。

一部珍贵的家庭育儿档案《孩子你慢慢来》

作为华人世界的一支笔，龙应台的文章有万丈豪气。而作为两个孩子的母亲，龙应台笔端流露出的却是不尽的柔情。她不但以极大的爱心和耐心，担负起教育两个儿子的责任；用自己的爱和尊重，智慧地解决了诸如不认真写作业、叛逆、嫉妒等问题；而且用生动形象的语言，记录了自己与两个孩子相处过程中的点点滴滴。她的文集《孩子你慢慢来》，无论从内容的实用性上，还是从语言的趣味性上，都不失为一本真实生动老少皆宜的家庭育儿档案。

档案从安德烈 8 个月时写起，一直写到他 8 岁时结束。里面囊括了孩子对这个世界新奇的认识，对德语、国语、英语乃至瑞士语等多种语言的掌握和使用，以及和父母、朋友、兄弟各种关系的相处，甚至写到了对自然界中的鸟类、昆虫、刺猬等各类小动物的友爱等等，真是林林总总，不一而足。其语言生动形象，情趣盎然。每每捧读，或忍俊不禁，或掩卷深思，或启人智慧，或茅塞顿开……

从安德烈跟龙应台学国语时，很认真地把“怪物”说成“外物”，把

"青蛙"说成"鸭鸭"中，我读出了她的耐心细致和孩子的稚嫩好学，不由得会心一笑。

龙应台睡前给安德烈讲《白雪公主》与《阿里巴巴和四十大盗》，因为里面充满血腥和暴力而讲不下去，就毅然决然地把它们放到孩子够不到的高处，不让仇恨和屠杀的种子过早地污染孩子幼小的心灵。由此，我看到了一个负责任的妈妈对早已被奉为经典的童话故事的审慎和批判。

当安德烈因为弟弟菲利普的到来感到自己被忽略，从而变得叛逆不听话时，龙应台并没有蛮横粗暴地发布命令，而是把安德烈紧紧地搂在怀里，让他感受来自妈妈的爱。我读到了她那颗比孩子更敏感、更细腻的心和无尽的慈爱与柔情。

当 8 岁的安德烈分吃了朋友弗瑞弟从超市里偷来的糖果时，龙应台没有声色俱厉地暴打一顿了事，而是给他讲解什么是"共犯"，什么是"分赃"，明确告诉他必须受到处罚。我读出了她的耐心和智慧以及深层的爱和尊重。

慢慢合上《孩子你慢慢来》，回味文中母子间亲密相处时妈妈对孩子的爱和尊重，回味那些生动有趣的语言营造的温馨瞬间，才发现：作为华人世界的一支笔，龙应台文字里不单单是"横眉冷对千夫指"的逼人寒气，更有"俯首甘为孺子牛"的温婉柔情，她用自己的言行举止传达给孩子们什么是爱和尊重，这也正是整本档案所传达的亲子教育的核心。

别让父母的爱成为孩子的奢侈品

我从小就是一个极少流泪的人，用姐姐的话说就是眼窝太硬。那些赚足观众眼泪的言情剧从未让我流过泪。然而，当我看到《少年才智秀》中主持人和梁瑞金的对话时，眼泪却扑簌簌地流个不停，擦都擦不过来。

这个一年只能跟父母见一次面的留守儿童，只有五岁半。练体操时就是再苦再累也从不掉眼泪，而当主持人把他的爸爸妈妈请上舞台时，他的泪水却一下子决堤了，瞬间就和泪流满面的爸爸妈妈抱在一起！爸爸流着泪对他说着“对不起”，他也哭着说了一声“没关系”。我的眼泪也成双成对地涌出眼眶。等他们慢慢平静下来后，主持人问他：“如果再给你一次机会，你选择留在谁的身边？爷爷奶奶，还是爸爸妈妈？”此时的我以为孩子会选择爸爸妈妈，没想到他却毫不犹豫地回答：“爷爷奶奶”。

对这个只有五岁半的孩子而言，父爱和母爱已经成了遥不可及的奢侈品，他不愿也不敢做出如此冒险的选择！

电视屏幕里梁瑞金和孩子父母的情况，让我想起年前认识的一个网友琳琳，她的老家在河南，有一儿一女，为了生计跟老公双双去上海打工。快要过年了，女儿打电话问她："妈妈，你和爸爸什么时候回家？我们都很想你们。"她说今年就不回去了。孩子"哦"了一声就挂掉电话。她说她能感觉到女儿心里的失望和失落。从那以后，她再打电话回去就没有人接了，"嘟——嘟——"地响半天也没有孩子的声音传过来。甚至有时她感到那边已经拿起了电话，一听是她的声音就马上挂掉。她说自己的心里别提多么难受了。我说，那为什么还要硬撑着不回家，老人和孩子苦熬苦盼苦等一年，却等不来你们的身影和笑容，心里该多么不是滋味呀！

她说自己也有苦衷，回去过一个年的花费等于两个月白干；如果不回去，留在厂里加班还能挣到平日双倍的工资。可是……我欲言又止。我理解她，更理解她的两个孩子。

在需要金钱养家与亲情陪伴这架天平的两端，每个人都有自己的衡量与选择。作为父母，如果在孩子最需要自己的童年时代选择留下来陪伴左右，无疑会比选择离开他们更有益于融洽亲子感情。可是，一旦让自己对孩子的爱成为奢侈品，心灵的距离就会变得越来越遥远，越来越冷漠！

老爸的菜园子

春来葱韭绿，夏至瓜果香。
秋收核桃枣，冬储白菜忙。
四季勤劳作，瓜菜半年粮。
尽食蔬果绿，全家保安康。

写完这首白话五律，脑海中已被老爸辛勤侍弄出来的令人垂涎的美味菜园子挤满了。而我，从十岁就开始享用菜园子里的各种瓜果美食，成了老妈嘴里“吃了五谷想六谷，成天就知道数算着吃”的主儿，及至后来成功蜕变成一个有品位的吃货，老爸的菜园子真是功不可没。

二十年前的初春，我们全家从村里拥挤的小小院落搬出来，住在村外这个敞亮开阔的新家。等冻土开化，老爸就带着我们把玉米秸秆上的叶子劈干净，根儿剁掉，围着菜园夹上篱笆墙。还打了一口压水机井，种上了几棵果树。

依着“清明前后，种瓜点豆”的农谚，老爸提前就买好了瓜菜种子，先泡在水里催芽。然后点种，施肥，浇水。拉蔓后掐尖，打杈，捉虫。各种技术活，一个人全包。我们只管蹦起来，把整个身体压在压水机的杆上，压水浇园。

在老爸地精心侍弄下，各种瓜菜比着赛地开花结果，一棵比一棵翠绿，一棵比一棵水灵。渐渐的，清脆爽口的小嫩菜瓜儿就由绿变白了，软面香甜的老面菜瓜也由绿转黄了。西红柿的小脸蛋儿一天比一天红润起来，就连顶花带刺的小黄瓜也不甘落后，“噌噌噌”几下就爬到瓜架的顶端，在风中笑个不停。地上还有那闷头疯长的橙皮精瓜，花皮南瓜，白皮西葫芦。而那些种在篱笆脚下的白扁豆、绿扁豆们，则把篱笆爬成一墙碧绿，好奇地向外张望着。

好多瓜果蔬菜都是先有一两个性子急的抢着开花结果，等它们歪歪扭扭地坐实长大，其它的才不慌不忙地开花结果，在主人不经意间就争抢着成熟了。成熟的瓜果蔬菜除了自己享用，大多会成为邻居和亲朋好友的腹中餐。

东邻西舍，前街后院，但凡过来串门的，无论大人还是小孩儿，出门时，老爸总会以最快的速度摘下最大最甜或最香的瓜果，塞到他们手里。自家需要时，反而要去摘剩下的那些差劲些的果实。送得次数多了，难免会惹得我们不高兴。有一次我就噘着嘴，不高兴地抱怨老爸：“爸，我怎么觉着这个菜园子好像专门给外人种的？最好的瓜果蔬菜都给了别人，咱自家却经常吃剩下的。”老爸一听，也不反驳，只是笑呵呵地说：“送东西就得送最好的，如果把自己都懒得吃的拿去送给别人，不但自己心里不踏实，还会惹得人家不开心。怎么也是送，为什么不送得心安理得，皆大欢喜呢？”

我一想也是这么个理儿，日后再也没有为此而闹过情绪。长大后，送别人东西时，也继承了老爸这优良的传统。

如今的老爸，虽已近耄耋之年，依然精神矍铄，像从前一样勤劳能干，亲自侍弄着这个菜园子。这个菜园子也依然像从前一样让人馋涎欲滴。不但三季叶绿花香果实甜美，而且使我家和亲朋好友以及邻里相处得其乐融融。同时，老爸“要送就送最好的”理念，也被我们这些子女继承下来，影响着我们的下一代。

一路欢笑一路陪伴

星期天带上老爸老妈，自驾去白洋淀。半小时后，我们的车已经停在交通宾馆院内。一行五人穿过双桥，信步走在通往售票大厅的路上。

初夏的风，微热中透着清爽。高大的道旁树，极力将自己的伞盖伸张开来，为游客们撑起一路阴凉。年近耄耋的老爸步履矫健；正值古稀的老妈，健步如飞；反倒是我们这些儿女，一不小心就会被甩到后面。

来到售票大厅门口，看到一块温馨提示牌上，标明老人和孩子可以优惠。大厅内靠北面有专门的服务窗口。在这个凭证办事的年代，老爸老妈又没带着老年证和身份证的情况下，我对享受优惠购票的事并没抱什么希望，不过想带着二老过去碰碰运气。没想到工作人员问过年龄，什么证件都没让出示，就以最快的速度办理了优惠手续，并笑着告诉二老，70岁以上老人免票游园。

从购票大厅里出来，我们的心情比刚才更舒畅了。检票后，经由三号码头，踏上一条载客六人的木船。水路开阔，芦苇青葱。偶有快艇驶过，掀起的波浪涌过来，使得我们的木船左摇右晃，既像一个钟摆，又像一个摇篮。连带得这颗心也跟着起伏摇摆起来。问及老妈是否晕船时，老妈竟开心地说一点也不晕，感觉好着呢！老爸的目光，时而追随着湖面上捕鱼的鸥鸟，时而注视着青青芦苇……

划行近一个小时后，我们的木船如期停靠在荷花大观园西门码头。船夫跟着我们进了大观园，指着一块游览地图，告诉我们最经典的景点及最近的路线。按照他的指点，经过孙犁桥，一路追随着爸妈的脚步，踏上通往荷花精品园的水榭。而我，也快跑几步，赶到前面去，不失时机地给他们拍照留念。一个会心地微笑，一次暖心地牵手，一个欣喜的眼神，一次深沉的凝眸……在荷花大观园美丽的荷花池边，在曲折的水榭桥畔，在依依的垂柳下，在青青的芦苇旁……一个个美丽的瞬间，一幅幅生动的画面，与初夏清爽的风一起定格。瞬间变成永恒，永恒连缀瞬间。

老妈游园就像参加竞走比赛，只顾低头前行，很少左顾右盼。本来走路就快，这样一来，瞅眼不见就把我们甩好几条街。老爸游园，时而边走边看，时而驻足凝望，若有所思。

精品荷园里的小池，呈各种形状：正圆的、椭圆的、心形的、菱形的、五角状的、花瓣状的，真是不一而足，甚至还有不规则形状的。一眼望去，单是这些小池的形状就已经令人心旷神怡了，更何况里面还有那才露尖尖角的小荷，还有那含苞待放的荷朵。风情万种的荷花和睡莲，婉约地把自己的脸藏在半片荷叶下面，半遮半掩。豪放的将整朵美艳的花托举出水面，娉娉婷婷，摇曳生姿。从丛簇簇的睡莲们，用那油亮的叶子簇拥着自己粉嫩的娇花，与水里密密匝匝的金鱼藻相映成趣。

一边是步履矫健的老爸老妈，一边是婀娜多姿的池中美景，可把我这个自封的摄影师忙坏了。一会拍爸妈，一会拍荷花。老爸老妈的笑就像朵朵金莲，缓缓绽放开来。浸润得我的心也成为一朵盛开的金莲。

一路陪伴，一路欢笑；一路赏花，一路拍照。游完荷花大观园，坐上来时的木船。清风徐徐，碧波荡漾；而老爸老妈那舒心满足的笑容，必将成为我那条记忆珠链上最珍贵最闪亮的两颗。

香甜酥脆糖火烧

八月十五回娘家，又吃到久违的糖火烧。那香甜酥脆的味道把我拉回到 40 年前……

那时我还小，也就七八岁的样子，由于家里生活拮据，一年到头难得吃上饺子和白面饼。只有八月十五和过年才能够打打牙祭，改善一下生活，不用再吃那红艳艳的中看不中吃的高粱面饼，也不用再吃那看上去白白的似乎能够以假乱真，吃上去却牛筋儿十足甜得发腻的白薯干儿饼。

每到八月十五，母亲都会在那口黑黑的大铁锅里，给我们这些小馋猫们烙糖火烧。大姐蹲在灶堂边帮妈妈烧火，我搬个小马扎坐在一旁规规矩矩当观众。只见母亲用菜刀割下一块扎好碱的蜂窝面放在案板上，顺时针揉好后揪成大小适中的剂子，用擀面杖擀成厚薄均匀的面片，在面片里放上一小撮儿掺进面粉的红糖，捏好揉成一个球，再摁扁成为面团。接着把面团的两面撒满白芝麻用手掌摁平，最后把一个个粘满芝麻的面团儿放进大铁锅的底部，烧一会再把它们一个个翻个个儿，拿个酒瓶子，底朝下在微微上火色儿的一面摁一下，此时面团由厚变薄延展开来，渐渐的中间鼓起一个圆圆胖胖的肚子。待另外一面也上了金黄色火色儿再翻个个儿，不一会儿，白白的面团摇身一变成为金黄脆皮的糖火烧后，再把它们移到锅的上部来，一个个竖起来挨挨挤挤码成一圈儿，时不时旋转着，把厚厚的火烧边儿也均匀地上了火色儿才拿出来，放在用秫秸秆儿串成的箅帘儿上。

腾出来的锅底再放进新的芝麻面团。等两面都上了火色儿再往铁锅上部移，码成一圈儿，再旋转，上火色儿出锅。如此循环往复，一摞又一摞美味儿的糖火烧就摆满了一箅帘儿又一箅帘儿。大姐自然是专心致志地烧火，而在一边看着两眼放光的我却忍不住欠起身子问母亲："妈，糖火烧能吃了吗？"母亲就会满脸慈爱地看我一眼，笑呵呵地回答说："小馋猫，别急嘛，等出了锅晾会儿再吃，烫了嘴很疼哦！"我只好把欠起的小屁股再慢慢坐下去继续等，直到母亲允许后才敢捧起一个糖火烧先吃为快。

这第一个糖火烧嚼在嘴里真是香香甜甜酥酥脆脆，一下子就征服了我的味蕾铭刻进童年的美好记忆中。晚饭前母亲会挑选几个完美的糖火烧，跟漂亮的葡萄苹果一起，放在即将燃起的草香旁边，作为祭拜月神的供品。

拜过月神，收走供品，将方桌移到离门口近一点的地方放好擦干净，把糖火烧、饭菜等一一端上桌。搬来小马扎，全家人围坐桌旁，在如水的月光下吃着笑着。银辉四射的大月亮，缓缓地在或浓或淡的薄云中穿行。一会披上一件透明的薄纱，宛若美丽的嫦娥在云中翩翩起舞；一会又钻出薄云光芒四射，使得周围的星星们黯淡无光；从众星捧月到月朗星稀，云与月与星就这样你追我赶你躲我藏地在天空嬉戏玩耍，像变戏法一般，引得地上的我们这些小孩子忘了手中的美食，也呼朋引伴地开始在月下玩起游戏来……

每当八月十五，都会想起小时候母亲给我们烙的香甜酥脆的糖火烧，每每看到糖火烧也同样会想起故乡，想起灶前猫腰忙着给我们烙糖火烧的母亲，以及母亲那脸上灿若菊花的笑容。

从“月光族”到“月欠族”

周末与闺蜜聊天，说起自己的儿子，闺蜜是一万个不理解。“你说，这挣了钱怎么能全部花光呢？不积攒点钱怎么应对意外呢？可是我把嘴皮子都磨破了，人家倒好，外甥打灯笼——照旧，月月光。”闺蜜边说边叹气。

看着闺蜜愁眉不展的样子，我还真有点心疼，赶紧劝她：“你也不必为这事着急上火，车到山前必有路，儿孙自有儿孙福嘛。”

“切！真是饱汉子不知饿汉子饥。敢情你女儿不是‘月光族’。”“我女儿还没参加工作好不好？以后工作了，谁知道她会成为‘月光族’还是‘月欠族’啊？”闺蜜听我这么一说，瞪大了眼睛，“‘月欠族’？就是每月不但花光自己的工资还要欠别人钱？”

“对呀！怎么样？这样一比你就不觉得儿子不可思议了吧？其实‘月欠族’才是真正的寅吃卯粮转过脑袋去不顾屁股的主儿。碰上一个‘月光族’的儿子你就受不了了，那要碰上一个‘月欠族’的儿子你还不活了？”听我这么一说，闺蜜的情绪平静了许多。

说起“月欠族”，我就想起网友香的孩子，每到月底都伸手管她借钱，当初她以为儿子是打着借的名义啃老，没想到月初薪水下来就真的还了，从不赖账。她想不明白，既然怎么也要还，为什么不少花点不借了呢？儿子笑嘻嘻地说，那样会影响幸福感，还说自己喜欢这种临时性啃老的感觉，管妈借钱可以增进母子感情。

随着社会的发展和时代的变迁，很多年轻人的生活方式发生了变化。从“月光族”到“月欠族”，老一辈人崇尚的勤俭持家已渐渐远去，取而代之的是及时享受生活。他们更加注重心灵的需求而不是为钱所困，所以不惜裸辞，去寻找心中真正想要的工作和生活。社会如此丰富多彩，我们又怎能要求人们的生活方式整齐划一呢？从这个意义上讲，无论“月光”还是“月欠”，只要花的钱是靠自己的智慧和双手挣来的就无可厚非。毕竟，每个人都有选择自己喜欢的生活方式的权利。

小鱼咸菜棒子面饼

又到周末，我和姐姐回家帮老妈洗洗涮涮，大姐把那些小鱼耐心细致地又摘又洗了好几遍，才总算放在饼铛上煎成了金黄色。就要放铁锅里烹了，这时大家在要不要搁点咸菜的问题上有了分歧。老爸说太咸不好吃，而我和姐姐愿意放点切得细细的小咸菜儿，就不用放盐了，老妈也愿意放点儿，说味儿好。

“老三！你快点切几刀咸菜。”姐姐开始发号施令了。“马上就好。”我去外面的大瓮里捞起一个拳头大小的芥菜疙瘩，洗净后放在案板上。老妈家的刀可真争气，锋利无比！加上案板又平，圆滚滚的芥菜疙瘩，不一会儿就被我切成了薄似纸的小片片儿。“当当当当”，随着密集的剁切声响起，刀锋下很快就出现了细如火柴梗儿的咸菜丝儿。

我把投洗了三次之多尝起来咸味儿很淡的咸菜丝交给姐姐，又切好了葱段和姜丝。只见姐姐倒入锅里适量的油，等油到了七八成热，就放入大料、葱段和姜丝，然后倒入适量的醋和酱油，接着把煎好的小鱼儿放入锅中，急火烹了七八分钟，一盘让人垂涎欲滴的小鱼咸菜即将出锅时，我也按 4∶6（白面 4 棒子面 6）的比例和好了烙饼的棒子面儿了。

烙饼的面呈杏黄色，不软不硬也不粘手。姐姐帮我把燃气灶打开，把铝饼铛坐在上面热着，单等着我擀好的棒子面饼下锅呢。我从整块面上撕下一小块儿揉成团儿。放在撒有薄面的案板上摁成扁圆形，再用长短粗细正合适的擀面杖围圈擀。与此同时，左手也频繁地顺时针转动面片儿，不时加点薄面，以防饼粘在面板上。边转边擀，直到饼的大小跟饼铛的大小差不多时才住手。我用手把薄薄的棒子面饼拾到盖帘儿上，将盖帘儿的前端向饼铛里倾斜，左手扶着饼右手往回撤出盖帘儿。这样圆而杏黄的饼就舒舒坦坦地被放进饼铛里，放下饼铛盖儿，四五分钟后就变身为一张人见人爱的黄金干脆锅巴饼。在我耐心细致地努力下，棒子面饼很快由一张变成一摞。

饭桌上，大姐做的小鱼咸菜爸妈吃着特别对胃口。我烙的棒子面饼更是受欢迎。连一颗牙都没有的老爸都一个劲儿把棒子面饼一块块儿掰碎了放进嘴里，贪婪地嚼着。全家吃着小鱼咸菜棒子面饼，笑声不断，其乐融融。

卷卷飘香母爱长

六月初一天未亮，母亲摸黑轻下炕。
和面洗面忙不停，只为正午卷卷香。
轻涂油，慢淋汤，巧手一绕面片黄。
芝麻韭菜和鸡蛋，卷卷飘香母爱长。

小时候除了盼过年的大鱼大肉和年糕，就是五月初五的粽子和六月初一的卷卷了。因为自幼不喜欢吃甜食，卷卷就堂而皇之地占据了我心中的重要位置。六月初一也就成了挂在我嘴边的“卷卷节”。

卷卷节这天，母亲总会赶在天将亮未亮时摸黑起来，到外间屋里用大瓦盆，和好一大块面。然后倒入适量的温水，双手在里面反复揉捏搓洗，直到把一大块面洗到还剩一小块面筋为止。然后把面筋捞出来，放到盘子里，等着油煎。瓦盆里那大半盆的面汤，就可以用来做成摊卷卷的面片了。

时间一分一秒地迈着小方步，不疾不徐地走着。而我和弟弟却等得很是煎熬。嚷嚷着“怎么还不摊卷卷呢？”凑到母亲身边，不厌其烦地问了又问：“妈，几点开始摊卷卷呀？”看着我们迫不及待的样子，母亲总是笑着用食指刮一下我们的小鼻子，说：“快了，先去外面玩一会吧，回来就摊熟了。”可惜，母亲这招缓兵之计，并不是每次都会成功。有时我就会坐在一边，眼巴巴地看着盆里的面汤着急，恨不得一下子长了本事自己摊。

吃过早饭，母亲开始做馅儿。有香香甜甜的红糖芝麻馅，还有令我们口感细腻回味悠长的粉条鸡蛋韭菜馅儿。八九点钟的样子，母亲就开始摊卷卷了。只见她先用炊帚苗，沾点碗里的素油，顺着锅边一刷。然后把面汤舀两铁勺陆续倒进大铁锅里，顺着锅帮儿一淋。接着马上拿起一个用秫秸瓤儿做成的小刮子，在即将结成面片的面汤上围圈一刮。那些厚薄不均的地方，立刻变得均匀而又美观。两三分钟后，母亲用铲子围圈铲一遍，左手的炊帚凑过去，右手一铲，白里透黄的面片便乖乖地趴在上面，被炊帚挑起来放在案板上。

案板放在那张古老的方桌上，方桌放在离灶堂不远的地上，方便母亲往返忙碌。母亲先把大铁锅里涂上一层薄薄的素油，再把面汤淋进锅里抹平，快速地把备好的馅料放在面片上，用两只手的拇指、中指和食指，小心翼翼地从左到右向上卷起，再两只手掌伸平，向前一搓，一条条滚圆细长味美色香的卷卷便诞生了。接着去锅里把摊好的面片用炊帚挑出来，舀两勺面汤淋进去抹平，来案板上搁馅，卷好，放到箆帘上。如此反复忙碌，直到把所有的面汤都摊完为止。

搓好的卷卷被放到箆帘上，一条紧挨着一条，排列得密密麻麻整整齐齐，空出来的边上还垂直放上一两条，不浪费一点空间。

虽然我喊着要吃卷卷的声音，比弟弟的分贝高很多，但是，只要母亲不点头答应，我就不会不管三七二十一，擅自拿起来兀自狼吞虎咽。

虽然性格像个假小子，女孩子特有的矜持却一点不少。所以，当母亲能够腾出手来时，总会记得拿一条卷卷递给我，温柔的眼波就像那波光粼粼的湖水。

追赶着时光的脚步，不知不觉间就跨进中年的门槛。但是无论时光怎么变换，六月初一永远是我不变的期盼。因为那一条条一列列的卷卷里，除了美味的馅料，还有母亲那不变的关怀、长长的爱。

儿时的黄年糕

在儿时的记忆中，黄年糕是我最喜欢吃的年味儿美食。

那时，一到年根前，母亲总会忙着蒸年糕。为了这年糕，我家每年都会在地头种一片黍子，成熟后用钐镰把它们的穗子割下来，拿到石碾上去碾掉外壳，出壳的黍子变成金灿灿的黄米。快过年时，这些金色的米便被拿到机磨里去磨成粉，等待那个变成美食的时刻。

蒸年糕时，母亲先烧开一大锅水，把磨好的黄米粉倒进一个大笸箩里，舀上一瓢滚开的水，细而均匀地淋浇在上面，边淋边用竹筷子把那些米粉搅拌均匀。然后在大铁锅里放上一个竹篦子，上面铺一层沾湿了的屉布，挨着锅边的地方围圈儿铺上嫩嫩的白菜叶子，把拴在篦子上的绳儿抻出来，搭在锅沿儿两边的白菜叶子上。用簸箕把笸箩里的干湿适度的黄米面收到篦子上，用筷子拨拉平了，再在上面依据自己的口味撒上一层豇豆和大枣，扣上锅盖，把边上用屉布包裹严实，开始烧火。待冒出腾腾热气时掀开锅盖，用两双竹筷子翻搅黄米面，好让蒸汽通透。

扣上锅盖接着烧火，大约二十分钟后停止烧火，掀开锅盖。双手提起笸子上的两个提绳，快速走到笸箩前，“吧嗒”一声，把盛满年糕的笸子倒扣在笸箩里。满屋子热气腾腾，我们瞬间成了隐形人，赶紧蹲在笸箩边上，用筷子一块儿一块儿地杵着吃。这时候母亲总是笑着提醒我们说：“你们这些小馋猫，慢点吃哈，把牙黏下来我可不包赔损失啊。”这些金灿灿的年糕是那么香甜那么黏，吃到嘴里甭提有多享受了。

尤其到了除夕晚上，吃着美味的黄年糕，妈妈还会给我们讲起年糕的来历。一晃过去了这么多年，每每夹起用江米面做成的白年糕，就会想起那金灿灿的黄年糕，那软糯香甜的味道和金灿灿的颜色，也从童年的记忆中弥漫开来。

腊八节·腊八粥·腊八蒜

现在的腊八节，经常会在不经意间错过。再也不像小时候那样被当成一个正经的节日，隆重地度过了。这就更让我怀念儿时的腊八节——

当年，刚进腊月门，母亲和父亲就开始准备好过腊八节的食材了。母亲会早早地起来，熬制一大铁锅喷香扑鼻的腊八粥。父亲也会兴致勃勃地忙活着腌制那翠绿香浓的腊八蒜。

因为怕我们上学迟到，母亲在凌晨四五点钟就起床，抱来一抱柴火，添上一大锅水，淘洗好各种豆子（小豆、绿豆、豇豆、黄豆、芸豆）各种米（小米、黄米、高粱米），还有大枣，边拉风箱边烧火，熬制那让我们全家都馋涎欲滴的腊八粥。

当我们打着呵欠伸着懒腰起床时，屋子里腊八粥那香浓四溢的味道早已弥漫开来，等着我们这些小馋猫们洗好脸来品尝。端起母亲晾在锅台上的色艳味美的腊八粥，挑一筷子放进嘴里，细细咀嚼，腊八粥的香甜软糯顿使口舌生津，回味无穷。温度适宜了便开始“吸溜——吸溜——”地狼吞虎咽，吃完一碗又开始吞食另一碗，直到吃得额上冒汗心里暖烘烘的，才肯抹一下嘴巴，心满意足地背起书包上学去。据说这腊八粥不但味道香甜软糯，滑爽可口，而且可以降压降脂提高免疫力。

父亲也会把早就准备好的紫皮蒜和米醋拿出来，开始腌制那味美色艳的腊八蒜。干什么事情都追求完美的他，挑选出来的蒜瓣大小均匀，偶有独瓣蒜或白皮蒜，都会毫不留情地拣出去。他说，独瓣蒜太辣又圆厚，很难腌透；白皮蒜腌制后味道欠佳。用到的米醋也比陈醋香味醇厚。父亲把剥好的蒜瓣放进半尺多高的大罐头瓶里（罐头瓶提前用搌布擦干），倒入米醋，等米醋把大小均匀的蒜瓣们没过来时，盖上盖子密封好，放到冰冷的套间屋里。撂上十天半个月，等蒜瓣们由白变蓝，再由蓝变绿，直到通体翠绿时再打开盖子食用。

每年除夕，全家围坐桌前，吃着热气腾腾的饺子，就着腊八蒜蘸着腊八醋吃得满口生津。醋收敛了原本的酸，融入了甜香和微微的辣；蒜收敛了原本的辣，融入了甜香和微微的酸，让人欲罢不能。

如今，人到中年的我，偶尔赶在腊八节回娘家，依然能够吃到母亲熬制的腊八粥，依然能够看到父亲无比认真地腌制着腊八蒜，真是一件无比美好与幸福的事。

心情好天气就好

早上正要出门的时候，雨突然大了起来。老公问我怎么去，我说披上那个雨披也许能遮挡一阵子吧。他一听就反驳道：你那个雨披，连个厚点的褂子都不如，还是穿上我们新发的那套雨衣雨裤吧。

我边嘟囔着边穿上这身黑色的雨衣雨裤。还别说，雨裤很肥却不长，正好盖上脚踝骨。雨衣大些也不碍事，再带上头盔，整个一特种兵。骑上摩托车，沐浴在迷蒙的雨雾中。两旁的庄稼在秋风的歌声中自由自在地伸展着腰身，舞动着手臂，像在进行集体排练。头盔的玻璃上很快爬满了黄豆大的雨珠，不一会就连成一条雨水的小溪，自上而下欢快地流淌着。密密匝匝的一大片，就像一条错综杂乱的雨帘，遮断了我的视线。路旁的垂柳“啪”的一声，猝不及防地抽打了一下我的脖子。

刚到学校，雨就小了。牛毛细雨零星地从天空洒落，比刚才脾气柔和多了。这雨，早不大，晚不大，正好赶在上班路上大一阵，有同事这样抱怨着。

生活中好多事情都是这样，当你顺的时候，过马路都一路绿灯。正好要过了，绿灯就亮了。而有时却正好相反，你不过马路的时候，绿灯就那么亮亮地绿着，正好当你走到跟前要过的时候，红灯马上就开始警告你。不过今天的天气没有影响到我的心情，因为有老公的爱包围着。

心情好，天气就好。

难忘金黄粫粫儿

年前回娘家，我又吃到母亲亲手摊制的金黄粫粫儿了。

粫粫儿又叫炉糕子，冷糕。是我们河北这一带过年必备的美食之一。它色泽金黄，味道醇香。不但口感松软，还形状独特。既非满月的圆，也非残月的弯，而是非常标致的半个月亮。

依稀记得母亲把借来的粫粫锅子，用几块砖头在小院里一架，再端来一大瓦盆稀稠适中的小米面糊糊，掐来一抱柴禾，洗了手拿个小马扎，坐下来，点燃柴禾，开始摊粫粫。不一会儿，那个三条扁腿，顶着个圆圆凸脑袋的粫粫锅子就热了。母亲用刷子刷点猪油，再舀一勺小米面糊糊，倒在锅子凸起的正中间，盖上盖子。一听到里面“滋啦滋啦”地响，母亲就用左手提起盖子的提绳。锅盖掀开的一刹那，一个金黄多孔的圆形粫粫儿便跃入我的眼帘。母亲用铲子沿着锅边铲起半边来跟另外一边对折在一起，一个外焦里嫩的半圆形粫粫，就被母亲铲起来放在盖帘上。

当母亲第二次把小米面糊糊倒在锅子中间盖上锅盖时，我就赶紧问她，为什么刚掀开盖子时粫粫儿上有好多小孔，母亲说那是因为盛小米面糊糊的瓦盆在热炕头上暖了一宿，已经发酵的缘故。我似懂非懂地点点头，继续看母亲熟稔地摊着一个又一个半月形的䴵䴵儿。空气中飘满了䴵䴵儿特有的清香。这香比馒头的香更丰富，更醇厚，里面混着微微的酸和甜。

这独特的香和甜毫无悬念地勾起了我的馋虫，让我迫不及待地抓起盖帘上新出锅的䴵䴵儿，张开大嘴就是一口，那种浓郁的香、柔和的酸、再加上清爽的甜汇聚在一起，让我口舌生津，欲罢不能。我那副贪吃的模样把母亲逗笑了，她忍不住提醒我慢些吃，不要烫到舌头。我不好意思地做个鬼脸，又捧起一个大块朵颐起来。全家围着炕桌吃饭时，䴵䴵儿就会被掀开来，中间夹上煮得喷香的猪肉或者炖菜吃，那滋味儿，用爷爷的话说就是，能把人香个跟斗。即便是只剩下一点菜汤儿，把䴵䴵儿掰成块儿泡在里面，吃到嘴里都是一种不错的享受。

当年，这令人馋涎欲滴的䴵䴵儿是纯绿色食品，不但香浓四溢，而且营养健康。都是自家地里种出来的谷子，经由石碾碾压，去掉谷壳，再拉到机磨里磨成粉，用瓢舀进大瓦盆里，打上半开的水调成糊糊状，放在热炕头上发酵好了才摊出来的。所以吃起来绝对是美味营养又健康。既可以白嘴吃，又方便卷菜吃，还可以蘸着菜汤吃，味道各有千秋。那时不但这谷子是自家种出来的，就连那黄年糕用的黄米面也是自家地里种出来的黍子，去壳磨成粉后蒸出来的，只是少了发酵的程序。

作为一枚彻头彻尾的吃货，现在又看到这让我魂牵梦萦多年的美食，而且还是母亲亲手摊出来的，怎能不让我惊喜异常，心跳加速呢？虽然没能亲眼看到母亲摊䴵䴵儿的过程，但母亲在小院里忙着给全家人摊䴵䴵的身影还像当年一样清晰……

尊重，源自一颗平等博爱的心

看一个人的胸怀，要看她是否懂得尊重身边的每一个生命。面对比自己高大的，不阿谀逢迎，不卑躬屈膝；面对比自己矮小的，不趾高气扬，不盛气凌人。无论是一个衣着得体的官员，还是一个衣衫褴褛的乞丐；无论是一只大鸟还是一只蜻蜓，都能平等对待。台湾著名文化人龙应台，正是这样一个心怀平等博爱之心的奇女子。也正因为有了这样的胸怀，她才做到了对每一个生命由衷地尊重。在《孩子你慢慢来》中，作者用第三人称叙述了自己和儿子们与动物之间发生的故事，字里行间渗透出来的正是这种可贵的尊重。

在《终于嫁给了王子》中，当她给儿子安安讲完了《小红帽》的故事时，心里是不太舒服的。在她看来，野狼和小白兔一样是宇宙的宠物，而童话里却老是给野狼开膛破肚，不是尾巴给三只小猪烧焦了，就是肚皮被羊妈妈剪开，放进大石头，掉到河里淹死了。她觉得野狼受到了不公平的歧视。可见她对动物没有好坏之分，一律是喜欢和尊重的。

当春天来临，一只黑色的大鸟衔着一根树枝飞到院里的松树上，邻居罗萨先生和两个儿子都觉得大鸟是一种坏透了的鸟，建议她把大鸟的巢弄掉。而她却告诉两个孩子：人说的好坏不一定是鸟的好坏，还是让鸟自己管自己吧。别人眼中的坏鸟，就在她公平的尊重和对待中逃过一劫。在得知自家阳台上有个鸟窝时，母子三人蹑手蹑脚地摸上了阳台，生怕惊扰了母鸟孵蛋。当她的目光碰上了母鸟的目光，竟“有点手足无措，觉得自己太冒昧，像一个粗汉闯进了静谧的产房。”多么生动形象而又贴切的比喻呀，竟然把“自己”比喻成“粗汉”，把“鸟窝”比喻成“产房”。如果不是出于对母鸟由衷地尊重和敬畏，会有这种感觉吗？

对于鸟儿，妈妈尊重，孩子就尊重。当母子三人蹑手蹑脚离开时安安说：“底笛，我们以后不可以到阳台上玩，会吵它们。”从作者准确具体的动作描写和生动形象的比喻中我们可以看到，正在孵蛋的鸟妈妈在他们家简直备受呵护，备受尊重和爱戴，这是一幅人与鸟儿间多么温馨融洽而又和谐的画面啊。

书中除了写到为大野狼打抱不平，还写了妈妈和孩子们一起营救小老鼠的过程，写到安安接受一个男孩赠送的蜻蜓后又将它放飞，到最后还写了一只刺猬在她与儿子的掩护下躲过猫儿的追捕，一耸一耸地钻进了草丛。

作者用自己委婉细腻的笔触，记录了她和儿子对待大自然中的动物们的点点滴滴。无论在自家附近，还是在异国他乡，对它们都一视同仁的尊重。因为在作者的心目中，无论是强悍的大野狼和黑色的大鸟，还是弱小的白兔和刺猬，作为宇宙的宠物，它们都有生存的权利，都应该得到人们的尊重。而这种尊重，恰恰源自她那颗平等、博爱的心灵。

最美的早餐

时间的箭，快得让人猝不及防，才几天呀，田里的小麦们竟不知不觉换上了金装。听着布谷声声的鸣唱，看着风吹麦浪的金黄，不由得想起那田间最美的早餐——

记得那时过麦秋，天刚一蒙蒙亮，父亲便背上磨好的镰刀，叫上我们姐妹兄弟四个向麦田进发。一路上凉风习习，布谷声声。高大的树木和低矮的麦田参差错落，黑黑的辨不清颜色，就像一幅巨大的剪影。随着我们深一脚浅一脚地行进，这副剪影逐渐变得清晰而有色彩。到达地头时，已经能分得清麦垅了。此时的太阳，刚好露出小半边儿橘红的脸。

父亲给我们分配好镰刀和任务，便揽着自己的麦眼儿，猫着腰“噌噌噌”地割到前面去了。大姐也毫不示弱，挥舞镰刀紧随其后。哥哥干活不疾不徐。我是快一阵儿慢一阵儿没个长性。弟弟还小，挂在后面当铃铛，多少由他去吧，也没指望他能干多少，不捣乱就行。

随着割麦时间地不断延长，刚开始时还锋利无比的镰刀慢慢变得钝起来，汗水也开始肆无忌惮地爬满脊背、脖子和脸，痒痒的，顺手一抹满把是汗，让我真真切切地体悟到挥汗如雨的滋味和“一个汗珠子摔八瓣儿”的艰辛。

镰刀越来越钝，地头越来越长，太阳越来越烈，腰越来越酸。不由得想起在家中为我们准备早餐的老妈来了。心想，要是这会儿老妈提着水壶和饽饽篮子来该多好啊，不但可以歇一会，还可以吃到可口的饭菜。这样想着，不禁下意识地直起腰来，扭过头向后看去。可是后面除了麦子还是麦子，连老妈的影子都看不到。满怀着希望这样看过四五次，都不见老妈的身影，心里的希望便一点一点减少，直至彻底破灭。毫无办法可想的我，只好猫下腰继续疲惫地割着麦子。偶尔也会抬起头来看看前面，却再也不扭头向后看了。

就在自己专心致志割麦的时候，耳畔忽然传来一个熟悉得不能再熟悉的声音：“都过来吃饭啦，粽子、豆角、大饼、米粥……”此时的我们，都跟打了鸡血似的，顺着大垄沟三步并作两步地奔过去围在母亲身边，父亲也抱着镰刀紧随其后。

饥渴难耐，疲惫不堪的我们，一看到这些饭菜，立刻两眼放光。洗完手和脸就迫不及待地从竹篮里拿出四角的粽子，三两下剥开碧绿的苇叶，就朝金灿灿的黄米、红艳艳的大枣和豇豆咬下去，黄米的软糯、大枣的甘甜以及豇豆的浓香一齐袭来。美味儿的粽子、喷香的米粥，还有那柔软却筋道的白面大饼，以及香到骨子里去的肉炒豆角，吃起来格外香甜可口，这是割麦的一天中最开心最享受也最幸福的时刻，每个人的脸上都洋溢着满足而又幸福的光芒。

虽然后来出现的联合收割机，彻底把人们从麦秋中解放出来。但每到麦收时节，我还是会情不自禁地想起跟父亲一起割麦的那些年，一家人围坐在田垄上，有说有笑，有滋有味吃早餐的情景。无论过去了多少年，无论生活发生了怎样的改变，那都是让我无比怀念的最美的早餐。

“素什锦”里的父爱

六月的骄阳，炽烈得肆无忌惮。窗外核桃树上的知了一点也不善解人意，拼命的嘶叫声让人心里无比烦躁。坐在阶梯教室里准备迎接高考的我们，开着好几个电扇，都热得浑身是汗。

因为心情不好，没有一点食欲。勉强吃了一些后，我就趴在教室里无所事事地抹着脸上的汗水。正无聊地看着一处发呆，忽然被一个同学推了一下：“傻了？刚喊了你两声都不答应。外边有人找你呢。赶紧出去看看吧，好像是给你送东西来的。”

我懒洋洋地白了她一眼：“今天不是愚人节呀，你脑子浸水了，还是昨夜睡得不好发烧了？把我诓出去，你有什么好处？”

“哼，狗咬吕洞宾，不识好人心。好像谁吃饱了撑的来骗你似的，反正外边那个人说找你，你爱去不去！”

像这样呆着都涔涔冒汗的酷热天气，谁会顶个大太阳来找我？活得不耐烦了咋的？我伸了伸懒腰，正要重新趴下，又有一个同学进来说，外面有人找我。不是我不愿意相信人，上了这三年高中，中途实在是不曾有人来看过我。更何况是这么炎热的天，又是中午。我怎么也不敢相信，会有什么人来看我。所以仍然不想出去。怕她们合起伙来搞恶作剧骗我。

我打了一个呵欠，还是不想往外走。突然好友从外面跑进来，指着我的鼻子嚷道："不可理喻！都多半天了，你怎么还不出去？你爸给你送吃的来了，我刚才还跟他说了几句话。"

我像一个被压了很久的弹簧，一下蹦了起来："你再说一遍，我爸来看我了？"

"嗯，不赶紧出去，还愣着干吗？"我一溜小跑着冲出了教室。果然看见不远处的老爸正站在太阳底下，手里拎着一袋儿什么东西，五颜六色的。见到我，一向不苟言笑的老爸破天荒地笑了，眉宇间，不，是整个面部都美丽地折叠出久违的纹路，连沟沟壑壑中那些细密的汗珠儿里都跃动着欣喜和慈爱的光芒。

"爸，这么大热的天儿，您怎么来了？""天儿太热，我怕你上火，吃不下，特意做了点什锦菜给你送来。"说着把手里提的那袋五颜六色的东西递给我。"我刚在家里拌好的，你现在拿回去解开口儿就能吃了。"老爸欣慰地笑着，汗珠子顺着脸颊一道儿一道儿流成了小溪。我的眼眶瞬间被泪水霸占，怕被老爸发现，就别过脸去忍了又忍。

"你快回教室吧，家里还有事要忙，我这就回去了。"老爸仿佛察觉到什么，一边冲我说一边转过身。这时的我才发现老爸的后背已经湿透了，就像刚淋了一场大雨。"爸，您去我们宿舍喝点水吧，出了这么多汗。"我拉住老爸的手。"不了，我这就回去。"

望着老爸的背影消失在前面的拐角处，我的泪终于肆无忌惮得流了下来。心里满满的，除了感动，还有愧疚：我竟然让老爸在太阳底下等了那么久！

当我擦掉眼泪走进教室的时候，马上有几个同学围过来："嗨，刚谁来找你呀？你手里提的那花花绿绿的是啥东西呀？”

“我爸，来给我送菜的。”我晃了晃手里沉甸甸的塑料袋子。“哇，你爸真好！”看着同学眼里羡慕嫉妒的小眼神儿，我心里暖暖的感动又升腾起来。

打开那袋儿什锦菜，翠绿的芹菜，橙红的胡萝卜，雪白的水萝卜加上酥脆的花生米和香软的黄豆，嫩生生得挤在一起，鲜亮极了。从把芹菜胡萝卜和白萝卜洗净切成段儿和条儿，再把花生和黄豆一粒粒剥开，泡发，煮熟到耗上花椒油拌好，保守估计也得鼓捣半天，更何况还大老远地顶着个大太阳送到学校来。吃着那浓浓的酥香脆甜的素什锦，所有的烦躁都一扫而空。因为我尝到的是浓得化不开的父爱的味道。

给孩子最温暖的爱和关怀

如果我问你：孩子和杯子，你更看重哪一个？也许你会回答：当然是孩子了，但凡不弱智的人谁会选择杯子呢？对于父母来说有什么能比孩子重要呢？可是为什么当孩子不小心摔碎了杯子，会有父母不问青红皂白，劈头盖脸一顿臭骂，而不是温柔地问一声“孩子你伤到没有”呢？可见彼时杯子的价值已经超过了孩子的价值，所以才导致父母心疼杯子而忽略了孩子的感受。

如果我再问你：孩子和分数，你更看重哪一个？也许你仍然会毫不犹豫地回答，当然是孩子啦！其实答对问题和能不能真正身体力行地去爱孩子是两回事。因为我们看到的更多的是家长因为孩子的分数高而沾沾自喜，到处炫耀；可是一但孩子因为失利考砸了，家长就会大发雷霆、大肆斥骂，甚至体罚。丝毫不顾及孩子的感受。如果是这样，即便你回答对一万道类似的问题又有什么益处呢？说到这里，我不由想起一个同事，面对红着眼圈走出考场的女儿，暖心地安慰时，眼里流出来的那丝丝缕缕绵延不绝的疼惜……

那是我带队参加中考时的第二天上午，当时钟的指针指向 11 时，我和个别孩子的家长耐心等待孩子们出来。崔曼琳的妈妈就站在我的身旁，她静静地等待女儿的出现。在妈妈期待的目光中，崔曼琳终于走出考场，来到我们身边，往日笑容灿烂的她，脸上却写满失落。她把准考证交给我，一转身看到等在一旁的妈妈时，眼眶里一下子就盈满泪花，低声而又缓慢地说：“妈，我数学有两道大题没写上。”妈妈的手掌温柔地捧住她的脸，波澜不惊然而却是满脸慈爱地说：“没事没事，也许别人也没做完呢，不想它了，咱们吃饭去。”听到妈妈这温柔的安慰，孩子红红的眼圈很快恢复了原状，她的心里一定像吹过一缕春风，舒适而又温暖。中考成绩出来时，崔曼琳以优秀的成绩考入本县重点中学的重点班。

忽又想起那次，女儿发短信说自己考砸了，可怜兮兮地肯求我回家后别告诉她爸爸。可是，千小心万小心，这条短信还是被老公看到了，看完短信的他瞬间暴跳如雷，说就知道这次会考砸，说女儿早就该修理了云云。

同样是爱，我更愿意像崔曼琳的妈妈那样，采用平静温和的方式教育孩子。在孩子最无助的关键时刻，给她最温暖的爱和关怀。

亲情是爱情长大的模样

周末回家，看望爸妈。老妈一边吃着我做的菜，一边跟我抱怨老爸炒的菜味儿太淡，醋却放得多，酸得都快倒牙了。

老爸一听就来气，嫌老妈不懂养生。反复强调健康和滋味之间，一定要选择健康。还说，专家说了，一天吃的盐不能超过 5 克。可老妈还是坚持自己的想法，想吃口味好的菜。引来老爸声色俱厉地否定：“你心脏不好，血压又高，怎么能由着性子吃又油腻又咸的东西？！”

幸亏我急中生智地咳嗽了一声，才成功地吸引了二老的注意力，不约而同地看向我：“闺女，你咋了，是不是感冒了？”

我装作可怜兮兮的样子，长叹一声：“唉——我巴不得感冒呢，省得你们吵来吵去了。”听我这么一说，两个人才闭了嘴。

除了为吃吵，菜园子里种啥不种啥，也吵。葡萄上长了蚜虫要不要喷洒农药还吵。总之是各种奇葩各种吵，我真怕他俩吵着吵着，会像网上某些老夫妻一样，发展到闹离婚的地步。因为我觉得这样吵来吵去，会把亲情吵淡，本来就没有爱情，亲情再缺席，家庭说散就散了。

有次回家，又碰到他俩吵架。把老妈劝进屋后，赶紧问她吵架原因。老妈不服气地说："年轻时，我依着他呗。如今老了，为什么还要依着他？"老妈这话一下把我逗乐了："妈，就算您不依着我爸，每天晚上，还不照样跟他一起干洗脸、搓耳朵、泡热水脚吗？再说，炒菜味儿淡也好，不给葡萄打农药也好，还不都是为您的健康着想吗？"

听完我的话，老妈也不好意思地附和："那倒也是。"我一看老妈认同我说的话了，赶紧趁热打铁："今后就别跟我爸吵架了呗。"

"吵架怎么了？又不伤感情。东邻家的儿子儿媳倒是不吵架，结婚后都没红过一次脸，还不是照样离婚了？你别看我和你爸成天吵来吵去的，却从没动过手。吵架也是交流感情的一种方式嘛。"

老妈的话让我想起前几天刻骨铭心的一幕：当我拿起笤帚正要扫地时，老妈一嗓子"我怕"惊到了我和老爸。我扔下笤帚，一个箭步冲过去抱住老妈正在倒下的身体，老爸也迅速跑到老妈身边，呛住老妈的脊背，同时大声嚷着，"来人，快来人！"声音带着哭腔，眼里噙着泪。

那一刻，我被老爸对老妈这深沉而急切的爱深深打动。而这爱，正是那些始终为对方着想的争吵，是永不厌倦的互相牵挂、互不相让却又难舍难分的亲情，是爱情长大的模样。

第二辑　智慧时空

世事洞明皆学问，人情练达即文章。敬畏生命，涵养性灵。在停停走走中观察，辨别，体悟与思考。

最好的逃生武器是柔弱

在天津诺恩赶海拾贝生态园的沙滩上，生活着两种螃蟹。

一种是背上背着一个圆圆亮亮的贝壳的圆壳螃蟹。这种螃蟹通体呈青绿色，最前面长着两只粗壮有力的大钳子。所以它们的胆子都很肥，就在沙滩上爬来爬去。一到有游客来捉，它们就举着两个大钳子在沙滩上快速地横着飞跑，恨不得一下子就逃得无影无踪。如果是小孩子要去捉它们，它们就会奋力反抗，用那不可一世的大钳子死死夹住孩子的手指。直到孩子的父母闻声赶来，将它们一举抓获，扔进早就准备好的小桶里。

还有一种是背上背着一个方方正正的贝壳的方壳螃蟹，这种螃蟹通体呈土黄色，最前面的两只螯不但不像圆壳螃蟹那么粗壮有力，反而又细又短。所以这种螃蟹胆子很小，它们都藏在沙滩外面淤泥的洞里。确信安全时，才出来，小心翼翼地在石头之间跑来跑去，一旦被人发现，保证一瞬间就钻进洞里，杳无踪迹。

如果注意观察，游客们准备好的小桶里，爬来爬去的螃蟹们，几乎全是那些青绿色的圆壳螃蟹，即便成了人们桶中的俘虏，它们仍然举着那两只不可一世的大钳子，一副凛然不可侵犯的模样。全然不知被油锅烹炸的死期即将来临。

高调，总是要付出代价的，就像圆壳螃蟹，因为生就两只粗壮尖利的钳子就觉得不可一世，不知危险为何物，貌似厉害，然而却不善躲藏，不知进退。而那些貌似柔弱的方壳螃蟹，虽然不具备那样两只厉害的钳子，却生性谨小慎微，机敏灵活。看上去弱小，遭逢不测的几率却远比那些圆壳螃蟹小得多。

对于强大的圆壳螃蟹和柔弱的方壳螃蟹而言，最好的逃生武器不是强大，反而是柔弱。

做人如蟹，要圆融、机敏、懂得变通；因为不顾实际情况，只顾着进攻或只顾着逃跑容易陷入被动局面，甚至付出生命的代价。

每个生命都不简单

我曾在同学家里见过一株神奇的植物，它的每片叶子边缘都生长着一个个小小的植株，植株下面生出了很多密密麻麻白色的须。同学告诉我说，只要叶子落在地面上，这些带须小植株就会马上抓牢地面并且迅速生根。是名副其实的落地生根。多么智慧的生命啊，在叶子还未老去时就已经做好了生根发芽的准备，自己就给自己搭建了延续生命的平台！

我曾在自家院里的一棵槐树上看到过一只蝉蜕变的全过程。昏黄的灯光下，土黄色的知了猴静静地抓牢在一处隐秘的树干上，先是背部裂开一道小口儿，随着这道小口一点一点向纵深撕裂，蝉的背脊露出来得越来越多。然后是它的头，接着是它的尾部，它的翅膀。它整个身体晶莹剔透，俨然是用温润透明的玉石精雕细琢而成的工艺品。它做着最后的努力，因为六条腿还被厚厚的壳子紧紧地包裹着，需要更加小心翼翼地抽离。而它那双刚刚脱离的打着卷的翅膀，也在一点一点地慢慢舒展开来变得平整，虽然翅骨还很柔嫩。

当它的六条腿彻底抽离出来，身体的颜色也由柔和透明的淡绿色变成了浅粉色，看上去无比滑嫩柔软，就像新生儿的肌肤。刚刚褪掉壳子的它连腿都是那么柔软那么嫩，仿佛一用力就会断掉似的。而身体的颜色还在继续变化着，由淡绿到肉粉再逐步地加深变成褐色，直至纯黑。在这漫长的蜕变过程中暗藏着数不清的危险：蜕皮失败闷死，被人捉去烹死，被蚁群活活咬死……而蝉儿，正是凭借自己的勇气和智慧最终摆脱了危险，成为出色的盛夏歌手！

每个生命都不简单！无论是积极主动为自己搭建延续生命平台的落地生根，还是勇敢撕裂硬壳用耐心和智慧摆脱各种危险的夏蝉，都值得我们尊重和敬畏。

山高人为峰

这几年的旅游，除了白洋淀和北戴河，基本上都在登山。

当百里峡两千多级台阶都被自己的双脚踏过，终于登上顶峰后，心胸顿觉无比舒畅和开阔。眼里是一望无际的辽阔和苍茫，第一次切身体验到老杜那种“会当凌绝顶，一览众山小”的感觉。那是一种历尽千难万险百转千回之后，终于把最高峰踩在脚下的骄傲和自豪！

自百里峡始，我就爱上了登山。无论哪座山，只要去了，就是再高再险，也要登上最高处，体验山高人为峰的感觉。

京都屋脊五指峰，五指并立直插云霄，壁立千仞刀削斧凿，有种奇险而峭拔的美。天蓝得那么澄澈，似乎伸手可触。云白得那么莹润，就像蓝宝石里的棉朵，透着水润的光泽，让人有种想要拥抱蓝天采撷云朵的冲动。

云台山茱萸峰那数百级无比陡峭的石阶，窄得仅能容下前脚掌，脚心和脚跟只能悬空着往上攀登。小心翼翼地登完这座通往山顶玄武大帝庙的云梯，就来到了茱萸峰的制高点。

凭栏远眺，黄河如玉带在远处舞动；群峰涌动，众星拱月般拥捧着这最高峰，山岚缕缕，缭绕不绝。不是仙境胜似仙境，怪不得传说真武大帝在此修炼成仙。还有药王孙思邈，据说也在此山羽化登仙。至今药王洞前焚香叩拜的香客仍络绎不绝。洞口处一株千年红豆杉，独自兀立，历经千年风雨，似在向世人诉说着陪伴药王修炼的往事。还有诗佛王维登临茱萸峰的名句“遥知兄弟登高处，遍插茱萸少一人”一直吟诵至今。如诗如画的茱萸峰就像一个秀美绝伦的梦幻，让我为之倾倒。

站在慕田峪长城的最高点极目远眺，关内关外，一切直视无碍。整段长城就像一条蜿蜒逶迤的青色巨蟒，在苍翠的崇山峻岭间穿梭舞动。身临其境才体会到毛主席写雪后长城的诗句“山舞银蛇”的妙处。也体会到“不到长城非好汉的所言非虚。站在长城上，那种从内心深处油然而生的骄傲和自豪感是登临任何峰顶都无法比拟的。这条古老的青色巨蟒，几经战乱，几经修葺，穿越了历史的烟尘，巍然矗立至今，成为我们中华民族与时俱进的见证，也成为我们中华民族勤劳智慧的象征。

登临香山最高点香炉峰，领略了越往山上走山路越陡峭秋叶越红的景致。不由感叹：每座山都有自己的独特之处。高有高的峭拔险峻，低有低的回环别致。只是想拥有这种“山高人为峰”的骄傲与自豪，必须付出成倍的艰辛，尤其需要一种战胜自我的勇气，因为只有先战胜自己才能战胜山。

跟幸福赛跑

很多时候，我们都在跟幸福赛跑，不是把它落在后面就是让它跑到前面。当我们跑倦了，一回头，却发现幸福正笑逐颜开地陪在别人身边，于是我们委屈我们伤心我们觉得这个世界不公平。是我们感慨那无比宝贵的幸福为什么对别人那么慷慨却对自己如此吝啬，之后陷入抱怨的泥淖中无法自拔。

难道可爱的幸福真的从未光顾过自己吗？当然不是。其实幸福一直都在我们身边。可是为什么我们看不见它的模样，感受不到它的温暖呢？因为我们总是错误的认为，幸福只在离我们遥远的前方；因为我们急着追求它，因为我们的心情过于迫切而跑得太快了，以至于不知不觉把它远远地甩到后面去了。所以我们穷其一生所追求的幸福就这么与我们失之交臂，离我们越来越远了！所以我们中的一些人才会悔恨自己当初进错了围城，就老想突围出去，从打鼓另开张。可一但进入自己认为的那座婚姻的围城，才发现跟想象中的完全不是一回事。

那么到底怎么办才会拥有幸福呢？很简单，收回习惯于关注别人的眼神，关注关注自己。这样，我们的人生就很容易跟幸福相遇，很容易跟幸福肩并肩美好地走下去。

真爱就是让对方感到幸福

闺蜜最近很苦恼，无论是当面聊，还是微信聊，只要张开嘴，就是长吁短叹。为了纠正老公不着家的习惯，她也是想尽了各种办法，比如约法三章：什么时候回家，什么时候一块去看电影，什么时候带孩子去旅游，都写得清清楚楚，明明白白的。怎奈人家嘴里答应得好好的，实际行动起来仍然我行我素，丝毫也不把自己的规划当回事。

一计不行，再生一计。硬的不行，来点更硬的。老公回来晚了，就不给他开门，任凭他把门敲得震天响，也不去给他开门，假装听不见，谁让他没记性？可是结果更让她心寒，人家索性不回家了。

更硬的不行，就来点软的，比如吹点"枕边风"总行了吧。只要他能够浪子回头。自己再辛苦也值得。可是还没等"枕边风"吹起来呢，人家早就鼾声如雷了。

"你说我还怎么办？一哭二闹三上吊吗？"闺蜜眼圈一红，泪水瞬间就盈满眼眶。

"你还爱他吗？"看着她眼泪汪汪的样子，我极其认真地问，"当然啦，不爱的话早就离了，犯得着跟他费这劲吗？”

“嗯，如果你老公每天包了所有家务，而且主动端水送饭给你，让你过上‘衣来伸手饭来张口’的生活，你会不会感到幸福？”

“当然幸福啦！”

“可是他若把你的手脚捆起来呢？”

闺蜜一下子沉默了。好一会，她才叹了一口气说：“你的意思是我对老公的改变就像一条绳子，束缚了他的自由？”

“也许是吧，真想改变现状的话，那就先从改变自己开始吧。”

“可是‘江山易改本性难移’，改变自己简直是太难了，我不是没有试过。”她大睁着两眼看着我，无奈地摇摇头。

“既然改变自己这么困难，为什么还要逼着对方去改变？”这次闺蜜彻底沉默了……

过了两个月，闺蜜打来电话，告诉我，现在老公简直像变了一个人，从很少回家变得无比恋家了。原来，改变自己的同时，老公也会发生相应的改变呀。这可比一味地要求他改变奏效多了。听着闺蜜说着自己和老公的变化，仿佛看到此刻的她正笑靥如花，眼角向下弯，嘴角向上扬，一脸的幸福和甜蜜。

是啊，当自己心甘情愿为对方做任何事，当自己愿意放下尊严成就对方尊严，当自己打心底里愿意为对方改变，当自己把家经营成幸福宁静的港湾……这就是爱了。

真爱就是让对方感到放松和幸福！

越过太平洋的生命种子

2015 年 5 月的一天早晨，武汉大学就读的博士李龙俊正要出门，突然手机铃声响了起来，一看手机号，才知道是中华骨髓库湖北分库打来的电话：“现在有一位美国患者的骨髓和您的初配成功，您是否愿意继续检测配合？”一听这话，李龙俊的手激动得颤抖起来，肯定得回答对方：“我愿意！我会积极配合各项检测。”

今年 24 岁的李龙俊，出生于贵州省六盘水市，是武汉大学历史学院一名博士新生。从 2013 年开始，他几乎每年都参加义务献血活动。有人笑他傻，他只是笑笑不说话。他认定的事情，从来不会中途更改。

去年，一个机缘巧合的机会，李龙俊看到了姚明拍的公益广告。那则广告拍摄于 2008 年 9 月 4 日下午 14 时 30 分，“大超 – 中华骨髓库校园爱心之旅启动仪式”在人民大学举行。作为中华骨髓库志愿者，姚明参与了中华骨髓库相关公益推广活动，同时宣传捐献造血干细胞的科学道理和社会意义，并呼吁社会为中华骨髓库以及白血病患者的治疗工作募捐善款。在那则广告里，姚明说过一句非常动情的话：没有比拯救一个生命更重要的事情。在李龙俊的心里掀起了一股骨髓捐献的巨浪。经过审慎地思考，他毅然决然地加入中华骨髓库湖北分库。

自从李龙俊加入了中华骨髓库，好多同学都投来不解的目光，有人说他脑子浸水了，有人觉得他头脑过于简单了，捐献骨髓怎么可能跟献血画上等号呢？闹不好会影响造血功能呢。尤其跟他关系一直不错的哥们儿，苦口婆心地劝他，在捐献骨髓问题上，千万不要感情用事，万一有个三长两短，后悔也来不及了。他告诉哥们儿，这是他经过深思熟虑后做的决定，他不会为自己的决定后悔的。哥们一看自己怎么劝李龙俊也不动心，只好作罢。

自从那天早上接到骨髓库打来的电话，李龙俊就进入了积极准备的状态中，以便随时准备把自己年轻的骨髓捐献给大洋彼岸的患者。眼看时间进入 7 月中旬，李龙俊又接到骨髓库那边打来的电话，告诉他，美国患者最佳移植时间为 7 月 16—21 日，让他做好心理准备，而且一定要征得父母同意，因为进行骨髓采集时需要住院一周，入院时需要家属签字。看来父母这一关是必须得过的。他赶紧从科普网站、图书馆、红十字会等处查阅造血干细胞的各种资料，以便耐心讲给父母听，好让他们在关键时刻同意签字。

果然，当他把自己这个捐献骨髓的决定告诉远在贵州的父母时，二老一下子就炸了。父亲简直就是暴跳如雷：“你这个小兔崽子，怎么事先也不跟我们商量一下，就做出这么荒唐的决定，气死我了！你等着，我明天去学校找你。”不等他解释什么，父亲就“哐”的一声挂断电话。第二天中午，父亲就十万火急地乘坐火车赶到武汉大学。

李龙俊不厌其烦地让父亲看自己早已准备好的各种资料。还耐心地跟父亲解释捐献骨髓不像先前那样穿刺抽取，基本跟献血差不多。听了儿子的科普，父亲总算把那颗悬着的心放进肚子里去。走时嘱咐儿子：“儿啊，你要捐，我也不再拦你了，咱不能眼睁睁地见死不救不是？只是捐献了骨髓后，你一定要多休息。”

7 月 16 日很快就到了，本应住院打动员剂的李龙俊，因为恰好赶上雅思训练，选择了两头跑，他每天 5 点半就起床，6 点半赶到医院打动员剂，然后再赶回武大接受半天的英语培训，下午再返回医院。

7 月 20 日早上，他专门向雅思老师请了半天假。7 点半的时候，他准时躺在武汉市中心医院后湖院区血液科的病床上，进行了各项血液指标的严格检查。

21 日下午，上完半天雅思培训课的李龙俊赶到医院，成功捐出了 266 毫升的造血干细胞悬液。第二天下午再次捐出 170 毫升。

这 436 毫升的造血干细胞悬液，对大洋彼岸的患者来说，就是无比珍贵的生命种子，是他重获新生的开始。所以前来护送这些造血干细胞悬液到美国旧金山的专业工作人员马瑞斯，当场为年轻的李龙俊博士伸出大拇指并再三真诚道谢：“非常感谢你，小伙子！”

看着这袋儿无比珍贵的生命种子就要随着玛瑞斯登机，穿越茫茫的太平洋，被播撒进大洋彼岸患者的身体里，李龙俊的心里忽然漾起一股幸福的暖流。因为他坚信，自己捐献出来的生命种子，一定能为大洋彼岸不知名的患者开启一段崭新的生命旅途。

与风景相约

与风景相约，不单单用相机，还用眼睛，用身体，用心灵！

——题记

以前，总觉得镜框里的风景比眼中的风景要漂亮，所以，端起相机的那一刻，心里总是默默地感叹，现实中普通的风景拍出来竟然这么漂亮，怪不得人们都喜欢背着照相机到处跑哪！

后来，在望月下面，看着它丰满圆润的体态是那么皎洁明艳，不由自主地举起手机连拍。可惜，所有的月亮照片都那么干枯瘦小，瞬间失了所有的神韵。那一刻，我突然对自己的举动感到不解，眼中的月亮如此美丽，为什么非要拍下来，欣赏它病态的容貌呢？如果把拍摄的时光留给眼睛，这扇心灵的窗户会享受多少月姑娘纯美的顾盼啊！

看得多了，拍得多了以后，我的心态在不知不觉中，竟然发生了颠覆性地改变：总搞不明白，为什么眼中如此生动的风景，一到照片里就变得呆板了。所以后来每到一个地方，先是各种角度地观察，等领略得差不多时才去拍它们。也曾用手机里自带的软件去美化它们，可是比来比去，还是觉得这些风景的素颜照最美，所以传到空间里的照片全都是素颜的风景，只是进行了不同程度的剪辑，因为有的画面太芜杂，不能反应一个相对集中明确的中心。

当其中的某些照片有人点赞时，我会情不自禁地想：其实，我看到的风景远比拍出来的更生动，更美丽！而这种生动的美丽是拍不出来的，也是很难用语言恰到好处地表达出来的，它们只生动在那些专属于它们的时光里。或鲜活灵动，或宁静淡泊。就像人们不同的气质和性格：或豪放，或婉约；或张扬，或低调；或含蓄内敛，或粗犷率真……而照片里，我看到的是它们被美化的妆容，虽宁静得美到极致，却失却了本真的性灵。

记忆是短暂而肤浅的，所以我们愿意用照片储存那些容易淡出的岁月和时光，以为如此便能永不忘却，甚至留住那些曾经令我们怦然心动的时刻。可实际上，能留住的只是这些照片。时过境迁后，仍然留在记忆里的，是那些曾经深刻体悟到的东西，就算是这些拨动过我们心弦的体悟，也还是需要借助想象才能部分还原。

去一个心仪已久的地方，就像去约见自己的一位新朋友。欣赏，倾听，交流，远比走马观花地拍照，等日后再看着照片回忆实际得多，收获得多，也深刻得多，美丽得多。用眼睛去欣赏它的笑容，用耳朵去聆听它的歌声，用双手去感受它的体温，用大脑去辨别它的深刻与独特，用心灵去贴近它的心灵。

就要去古北水镇了，去约见这位有着南方女子之灵秀的北方女子。早早醒来，心向往之。倘能与之身心交融，必能得到别样的感受和体悟吧。

被误会的善良

那年冬天，我从石家庄乘坐汽车，连夜返回保定。车上坐满了急着回家的乘客。随着夜色的加深，睡意袭来，人们纷纷打起盹来。

凌晨一点多，起风了。呼啸着，肆虐着，疯狂击打着整个车身。外面黑黢黢一片，什么也看不清。后来我也敌不过困倦的包围，闭上眼睛，慢慢进入了梦乡。

不知睡了多长时间，突然，被车内一阵躁动不安的咒骂声吵醒了。发生了什么事？有人问司机。司机说，道上忽然冲出一个五六十岁的老头，手里摇晃着一个小旗子，挡在汽车前面，不让走了。

车内归心似箭的人们就像煮沸的水，一下就炸开了锅。有人抱怨倒霉，说怎么遇到了这么一个精神病。有人大骂着要压死他。还有人要打开车门，下去狠狠揍他一顿。告诉他，别吃饱了撑得没事干，跑这儿来碍手碍脚。

司机把车窗摇下了一个小小的缝隙，尽力跟他沟通着什么。冷风瞬间从外面灌了进来。这更让车内怒火填胸的人们气愤。大半夜的，躺在家里睡觉多好，非要跑出来添乱，简直就是一个神经病！

尽管整个车厢都快被怒火烧着了，但是司机却并没有莽撞行事，他一直耐心地跟那个横在车前面的人交涉着什么。人们也骂骂咧咧地一直没有停下来。

等了好一阵子，汽车才缓缓启动。奇怪的是，车的速度一下子变得又慢又稳。等抱怨声和叫骂声慢慢平息了，天色也渐渐地亮了起来。挨着窗户的乘客忽然惊叫起来，原来他们看到了路旁的沟里横七竖八地躺着翻下去的车。还有撞在一起被起重机吊走的。陆陆续续看到翻下沟去的车，大大小小有七八辆之多。还看到路面上结的那层厚厚的冰。

这时，人们才明白了，那个冒着生命危险，横在车前摇晃着小旗子的老者，不是来捣乱的，而是来提醒司机，前面路滑，小心行驶的。

这时，我听见了几声叹息：唉，错怪人家了，要不是人家拼死拦车提醒，路面这么滑，咱们这辆车也有翻车的危险啊！

真相大白以后，人们心里的怨恨瞬间就被感激和内疚代替了。怪自己下结论太早，骂了不该骂的好心人。

时光荏苒，斗转星移，很多事情都随着时间的推移逐渐淡出记忆，唯独多年前的那个冬天却变得异常清晰。哦，那位冒死拦车的老者，那份被误会的善良。

花样擦皮鞋

那年的暑假，我去死党梅的家里小住。一天上午，梅建议一起去外面花钱擦皮鞋。我不解地问：“明明自己能擦，为什么还要花钱去擦？”“人家不但擦出来的皮鞋能照出人影来，还能变着花样地擦，你能吗？”梅的回答让我无言以对，也就随她一起下了楼。

刚进擦鞋店的门，就有一男一女笑着迎上来，把我俩安排在两把太师椅上。从来没进过这种地方的我，只好用眼瞄着梅的一举一动，学着她的样子，把脚抬起来放在鞋楦儿上，等待服务。

给我擦皮鞋的是个二十岁出头的小伙子，只见他两手拿着刷子，左右开弓，不几下就把鞋面上的浮尘擦拭干净，均匀地涂上一层鞋油。接下来就开始亮手艺了，左手用刷子擦鞋，右手很有节奏地耍着刷子花儿。那刷子上下翻飞，左右舞动，就像杂技大师手里听话的道具，舞得虎虎生风。跳舞完毕，才加入到擦鞋的工作中去。此时两只刷子顺着皮面的纹理，轻柔地摩擦着。不一会儿，左手的刷子就又跳起舞来，转动的样子美得让人的视线不忍离开。

给梅擦皮鞋的是一位姑娘，颇有一股子巾帼不让须眉的气度。刷子虽然没有小伙子舞得那么虎虎生风，但是婉约而含蓄，花形和频率绝不亚于小伙子。一边擦着皮鞋一边和梅聊着家常理短。听得出来，梅是这里的常客，俩人说得很投机。而我就一心一意地欣赏着他俩擦皮鞋的艺术，暗地里给他俩数着刷子舞动的节拍，对了就是四四拍子的，节奏是“嗒嗒嗒嗒”。想必他俩在为顾客擦鞋的过程中也同样享受吧，因为他们脸上始终是含着笑的。

这对年轻人的花样擦皮鞋，不由让我想起来省城时，在火车站遇到的擦皮鞋场景来。当时给顾客擦皮鞋的是一位四十多岁的中年妇女，一脸的愁苦与无奈。她先用鞋刷子把鞋油刷匀，再用一块抹布在顾客的皮鞋上左右来回使劲地蹭，发出“嗤啦嗤啦”的响声。在擦皮鞋的整个过程中，她一直眉头紧锁，面无表情。让人一看就是迫于生计的困窘，别无选择才来车站擦皮鞋的。别说她自己累，就是我这个在一旁看着的人都累。

我和梅的皮鞋几乎同时被他们擦完。抬脚一看，果然擦拭得镜子似的，油光锃亮。走出那店铺，梅告诉我，他们俩是一对情侣，今年冬天就要结婚了。怪不得呢，两人擦皮鞋都透着那么一股轻松喜悦的劲头，原来是好事临近了。

梅还告诉我，擦皮鞋也要拜师。我一听就是一愣，紧接着问了一个十分弱智的问题：那他们是先学耍刷子，还是先学擦皮鞋？废话，当然是先学耍刷子了，擦皮鞋谁不会？我不由吐了一下舌头，不再言语，怕再问出更弱智的问题来。

青年男女的花样擦皮鞋，不但带给顾客别样的享受，也让自己时刻保持一颗喜悦的心。而车站的擦鞋妇女，那一副苦大仇深的心不甘情不愿的样子，无论对自己还是对别人，都是一种沉重地折磨。

能把服务性的劳动变成一种美和享受，也是一种智慧。智慧是不受年龄限制的，就像这两个把擦皮鞋当成一种乐趣的年轻人，与车站外为擦鞋所苦的中年女子相比，谁又能说，他们不是智者呢？

有一种智慧叫相融

春来芳草嫩，农家荠菜香。每到春季，田边溪畔总少不了蓬勃的荠菜。在春风中翩翩舞动。它们那碧绿的色彩和鲜肥的茎叶，一下子就吸引了挖野菜者的眼球。于是三三两两，相伴相携，一起到田间采挖自己钟爱的荠菜。而那些鲜嫩肥硕的荠菜，可能只是想舒展一下自己的腰身，晾晒一下自己迎春的喜悦。从未想过自己会被采挖者一眼相中，成为餐桌上一道美味的菜品吧。

我以前一直觉得荠菜们都像张洁的散文《挖荠菜》中一样碧绿、鲜嫩而又肥硕。直到那一天，我独自去田间邂逅了一颗与众不同的荠菜，它周身上下全是土黄色，连那细小的花苞也不例外，只有那不起眼的小如米粒大小的花朵微微透着点白色，而这点细微的白色与浑然一体的土黄色比起来，是那么微不足道。土荠菜把整个身体都匍匐在地上，谨小慎微地举着不易被人察觉的细小的花蕾，悄无声息地在微风中轻轻摇曳。

为了确定它是一株野菜而不是黄土。我用两根手指，掐下半片细小的叶子，轻轻一捻，两个手指肚顿时被它绿色的汁液湿润了。这小东西，原来只是为了逃过被采挖的劫难，故意把自己装扮成了土黄色，极为巧妙地跟周围的黄土地融为一体。若不是主动蹲下身，凑得极近，根本不知道它是黄土还是荠菜。

它是那么有智慧，刚一钻出地面就换好了衣服。默默地匍匐在黄土地上，悄悄生长，暗暗含苞；沉静内敛，从容低调；既不招蜂引蝶，也不招摇炫耀；悄无声息地享受春风的抚摸，雨露的滋润。几乎把自己完完全全地融入土中，连白色的花朵都开得那么节制，那么安静，在人们不经意间，就完成了整个开花结子的生命旅程。

有一种智慧叫相融，就像这株土黄色的荠菜之于脚下的这片黄土地。

旅游的意义

每天只要一打开朋友圈，就不可避免地会看到很多朋友晒出这里那里去旅游的照片。照片里大多有自己或者朋友，且人像占到整个画面的二分之一还要多。那些美丽的风景都成了遥远而渺小的背景，模糊不清。

见山与山合影，见水与水拍照。每次出游，几乎都能见到很多游客举着自拍杆，拍个不停。去天生桥玩儿，我看到一个母亲，逼着自己的女儿摆出各种造型，拍得不亦乐乎。如果女儿也喜欢被拍摄，那就是两美并一美——完美了。可偏偏小女孩很反感拍照，一边被拍照一边默默地流泪。但即便如此，母亲还是只管命令她不停地摆造型，拍照。看到泪珠从小女孩眼里滑落的一瞬，我心里萌生出一种隐隐的心疼。却又不能替她说服自己的妈妈，停止拍照。只在心里暗暗地想：对小姑娘的妈妈而言，如果没有多多拍照，是不是就相当于没有到那里旅游过呢？

对我而言，外出旅游的意义不在于拍了多少张照片，买到多少件纪念品，而在于即时即地那些鲜活灵动的体验，在于通过这些体验，触摸到该座山、该条河、该座城市或该座乡村所特有的脉搏和气息。在一段相对短的时间内对其进行相对全面或相对深刻的体味和思考。如果是两个人一起，还可以交流彼此对当地的感受和解读……

个人觉得，所谓旅游，并不是从自己待腻的地方去别人待腻的地方，而是从自己喜欢的地方到别人喜欢的地方去。与其说风景在眼中不如说风景在心里，因为是心灵给景物着色的。当年苏东坡嘲笑佛印大师看上去像堆牛粪，以为占到便宜了，回来跟苏小妹卖弄，没想到反被苏小妹嘲笑。苏小妹说心中有佛，才会看佛印大师像尊佛，可是苏东坡却看佛印像牛粪，当然心中只剩牛粪了。虽然没有直接说出来。聪明的苏东坡又怎会不知道呢，所以瞬间脸红。

心中有美好，所到之处尽是美好。胸中抑郁难当，当然走到哪里也还是会不舒坦。所以，转变当下的心理状态才是最关键的。格局大了，心胸宽了，自然能做到不以物喜，不以己悲。当每一片树叶，每一株小草，每一朵小花甚至每一只小虫子，在你眼中都变得美好时，你看哪里都是风景。

最近看到有人在自己文中谈到旅游和旅行的区别：“如果把旅游比作喝急酒，匆匆地赶去赴宴，但一会儿就能让你吐，那么旅行就似慢品茶，总会让你在心静之余有苦后回甘的感觉，并在不知不觉中达到人与自然和谐统一的境界。”

掩卷之余，才恍然间明白，自己随团到处走，不是人们普遍意义上的旅游，而是随着旅游的人们去旅行了。怪不得自己拍回来的都是风景，带回来的都是那种掩饰不住的兴奋和激动呢。

从善良苏醒的那一刻起

去年的今天，当我踏上赶往上海的列车时，已是晚上七点半了。旅客们有的戴着耳机打游戏，有的聊着家常，还有的卖弄自己家里值钱的古董。忽然，一位花甲之年的干瘦老者从过道里走过去了。临窗而坐的我忽然听到坐在边上的男子好奇地嘟囔了一句：“天！他的右腿竟然比他的胳膊都细！他露出这条麻秆般的腿到处走想干什么？”坐在他和我之间的女子摇摇头说：“不知道。”片刻惊讶过后，人们很快恢复了平静，和之前一样聊着闲话。大约过了十几分钟的样子，干瘦的老者又折回来，所不同的是，他不再展览自己的细腿，而是把手伸向每一位旅客，嘴里不停地说着“谢谢，谢谢”。明白了他的来意之后我掏出一张 10 元的纸币递到他手里。

在开往上海站的地铁里，正有些恹恹欲睡之际，忽然听到一阵歌声：“……天上的星星会说话，地上的娃娃想妈妈，夜夜想起妈妈的话，闪闪的泪光鲁冰花……”音乐动人，歌声沙哑。循声望去，才看到刚刚上来一个梳着麻花辫，穿着花上衣的女孩儿。她一边唱歌，一边把自己手里的搪瓷缸子晃荡着伸向身边的乘客。当那缸子伸到我面前时，我看到里面全是硬币。也顺便从兜里摸出来一个，轻轻放进那个被晃出声音来的缸子里。当她走到一位年轻小伙子身边时，小伙子两眼望向别处，看也不看她一眼。

小伙子决绝的态度，让我想起年轻时的自己。那时年轻气盛，棱角分明。对这个人世间充满了怀疑与否定。无论在火车站还是大街上，无论遇到老人还是小孩，只要把手里盛钱的器具伸向我，我都会毫不犹豫地走开，从不多说一句话。尤其是多年前在县城庙会大街上遇到的那一幕，让我一直无法释怀。

那天，我在庙会的大街上，看到一个十八九岁的姑娘，双膝跪在地上，近旁放着一个盛钱的小盒子。她并不去看盒子里的钱，只是深深地把头埋下去，埋下去。地上密密麻麻地写满了字。大致意思就是家庭突然遭了变故，开学在即，她一时间拿不出那么多学费，希望好心人能够帮帮她。街上人群拥挤，接踵摩肩，却鲜有人撂钱。而我，也同样冷漠地转身离去，不曾资助半分钱。

现在想来，我实在无法明白，当时的自己怎么会有那么尖锐的思想和坚硬的心？是什么让我离尖锐那么近，离善良那么远？

刘邦吃过白食，朱元璋讨过饭。虽然自食其力光荣，但有时因为种种原因为生活所迫，暂时无法自食其力，需要别人帮一把渡过难关也是在所难免的。可惜年轻的自己不懂人世的艰难，总觉得人无论在什么时候都应该自食其力，也都有能力自食其力。

面对向自己伸过来的那只需要帮助的手，从厌恶地扭转头不屑一顾，到开始纠结要不要给钱，再到毫不犹豫地主动掏钱出来放进对方的手里。这个过程实际上是那颗坚硬的心逐渐软化复苏的过程。当自己的心终于彻底完成了这一转化过程时，柔软的善良也就彻底苏醒了。

从善良苏醒的那一刻起，我再没有愤青过。因为我知道，别人做不做是人家的权利和自由，只有自己做不做，才真正关系到自己心灵的感受。别人需要我给，而我也情愿给，这就是最好的时节，也是最好的境界。

不做现世孔乙己

孔乙己是鲁迅先生短篇小说《孔乙己》里的主人公，是鲁镇咸亨酒店里唯一穿长衫却站着喝酒的人，寥寥几笔，便把孔乙己的尴尬处境交代得淋漓尽致，既放不下读书人的架子，又不得不遭受众人嘲笑的矛盾性格。

穿长衫证明他是个读书人。在“万般皆下品，唯有读书高”的时代，孔乙己之所以站在柜台外面喝酒，就是因为他穷得叮当响，没有一点尊严和地位。不但店掌柜瞧不起他，连十多岁的小伙计都懒得搭理他，甚至从没读过书的短衣帮也经常拿他开涮。

好喝懒做的孔乙己，倘若肯脱掉读书人的长衫，放下架子和虚荣心，肯去干些体力活，或者把长衫洗干净，一丝不苟地做一份书记员的工作，而不是经常丢三落四找不到纸笔，又或者穿着干干净净的长衫，踏踏实实做个私塾先生，凭借对“茴”字四种写法的考证精神深入钻研教学。再或者改掉赊账喝酒，盗书偷钱的习气，也不至于被丁举人吊起来打断腿。即便被打断了腿，也还是忘不了用手走路去打酒喝，虽然最后一次是现钱，但终究还是欠了咸亨酒店 19 个钱的。

孔乙己的悲惨命运固然和当时的社会环境有关联，但并非必然或因果的联系，否则，偌大一个咸亨酒店，为什么只有孔乙己一个穿长衫却站着喝酒的人?

大环境决定小气候不假，但个人的主观能动性还是会起一定作用，孔乙己如果能够正视现实，谋点小差事养活自己还是能够做到的，何至于落魄到被人打残的地步?

而实际情况却是，他既放不下读书人的架子，却又干着读书人所不耻的偷窃勾当，被人揭穿后还心虚气短地辩解说“窃”不算“偷”，这样一个逃避现实的读书人，放到现在这个社会中来，生活也好不到哪里去。

孔乙己的悲剧，归根结底是他个人的悲剧，所以不可避免。如果把责任完全推给社会，不但有失公允，而且完全忽略了人之为人的主观能动性。就像近些年出了几个因高考失利的学生跳楼或投河等轻生的事件，某些人就把所有的责任推给高考制度，推给社会一样，未免有以偏概全之嫌。前车之覆，后车之鉴。所以，无论何时何地，我们都不要成为现世的孔乙己。

不忍囚禁的美丽

清秋，朋友送我一枝红莲的花苞。我迟疑着，不知是要还是不要。对我来说，每一朵花都是美丽的。我，没有囚禁美丽的胸怀与习惯。从小到大我始终觉得花之所以美丽，是因为她沐浴在美丽的大自然那自由的光辉之中，是不能随意去采摘去玩弄的。每一朵美丽我都应该去爱护而不是戕害。

还记得盛夏的一天，女儿用月季花的命跟我谈条件的那一幕。那天午后，我正在给校园中几朵妖娆的月季花摄影，女儿突然跑过来用手遮住了镜头里艳丽的令我心动的花朵，笑嘻嘻地说："妈，你陪我打会乒乓球，好吗？"我连想都没想就拒绝了她："宝贝儿，你还是去找别的高手给你当陪练吧，我可没那能耐。"女儿见软的不行，马上就来硬的："妈，你今天要是不陪我打球，我就把这里所有的月季花全都掐光了。"说着就伸出右手的拇指和食指连同中指直奔花茎而去，这下可击中了我的软肋，吓得我赶紧答应了她这无比刁钻的条件。她这才笑呵呵地移开右手，飞快地跑进宿舍去拿球拍和乒乓球。

和她打球还不如直接让她杀了我呢，那圆圆的小黄球都是从她那边连球案子也不沾一下就飞过球网，径直飞过我头顶不知所踪了。要不是她用花儿们的性命相要挟，我才不会答应她呢。

现在面对伸过来的这朵粉红色的花苞，我还真是左右为难。身边的朋友举着手里的花苞笑着说："快接过来吧，又不是只送给你一个人。"为了不影响当场融洽快乐的气氛，我只好勉为其难地接过来。其实，我的接与不接跟送多少人无关。她们只晓得买花送花的乐趣，又怎能懂得我惜花爱花的心情呢？这是我不忍囚禁的美丽啊！

转过身来，你会看到不一样的风景

拍小学毕业照时，摄影师把我们摆布在一个照得睁不开眼睛的地方。小小的我就很纳闷儿，让我们站在这样的地方，不都得照成瞎子吗？可是照片发到手里以后，除了眨眼的，并没有几个瞎子。那时的照片还是黑白的。

初中毕业时，摄影师来给我们拍大合影，小合影，好像也是让我们冲着太阳的方向，我就更纳闷儿了，为什么摄影师们非得让太阳照着我们的眼睛呢？为什么不让我们背对着太阳？那样保证我们个个眼睛睁得溜圆。可是摄影师并未如我们的心愿。那时的照片已经成了彩色的。

高中毕业时，前两次的遭遇又重演了。

参加工作后，我对摄影产生了兴趣，借了一个半自动手调相机，挎在胸前到处拍。海狸鼠啊，大白鹅呀，蓝天白云啊，青山绿水呀，各种鸟类昆虫呀，动物园里的鹦鹉啊。那个借我相机的摄影师看过我拍的照片后，还夸我说，第一次拍照，一卷胶卷就能够洗出 38 张，已经很不错了。一般人拍一卷胶卷，能洗出 28 张就不错了。他说并不是你拍了，就能洗出来，那些曝光不足的，照成剪影漆黑一片的都无法成像，根本洗不出来。说实话，当时我心里挺有成就感的。

通过亲身拍摄，我才终于解开心头一直以来的那个疑问，摄影师为什么让我们冲着太阳而不是背对着太阳。

冲着太阳，摄影师是顺光拍照，不但画面光线充足，而且人像清晰可辨。如果让我们背对着太阳，摄影师就得逆光拍照，拍出来的效果就是剪影啦。如果再是黑白照片，那就只能拍出人影憧憧不辨眉目的效果啦。试想，有哪一个摄影师敢斗胆逆天尝试，收了人家的钱却把人家拍得面目模糊，黑黢黢一大片？

可见，同是拍照，不同的角度，会拍出截然不同的效果。摄影如此，人生亦然。当你站在阴影里看到的还是阴影时，不妨转过身来，抬起头，你会看到不一样的风景。当你被一件事困扰，百思不得其解或陷在里面无比纠结，不妨换个角度去考虑。只要你肯，就能发现一片新天地或收获意外的惊喜。

所以，不是天气影响心情，而是心情影响天气，心情好天气就好；不是命运影响性格，而是性格决定命运，性格好命运就好。

好雨知时节

“好雨知时节，当春乃发生，随风潜入夜，润物细无声。”穿行在杜子美诗行中的春雨，是知时节的好雨。它们晓得万物复苏的春天是最需要的，也是最好的时节。所以它们趁人们还在熟睡中，轻轻悄悄地来了。无声无息地给万物洗了一个温水澡。那些灰头土脸的花花草草瞬间焕然一新。当人们起床后，推开房门或小窗，会情不自禁地发出一声赞叹“好清新的世界！”是啊，好雨，都是在人们不知不觉中就把世间万物粉刷一新的。并没有想着收获人们乃至万物的赞叹。润如酥的它，滋润万物的本身已经让它够幸福了，干吗还去贪恋人们的褒奖呢?

“春雨蒙蒙地下，啊，春雨蒙蒙地下，唰唰唰唰，唰唰唰唰，唰唰唰唰，唰唰唰唰，绿了河边的杨柳，红了村边的杏花，村边的杏花。”聚集在乔羽歌词中的春雨，是歌声响亮体态轻盈的天使。美丽又端庄，友爱又善良。将整个世界罩在一片烟雨蒙蒙的雨雾中。如梦、如烟、如幻，令人沉浸在一片美好的境界中。枕着它“唰唰唰唰”的美好歌声，酣然入梦。一觉醒来，看到一个花红柳绿润泽亮丽的曼妙世界，情不自禁地哼起春雨唱过的歌。是啊，贵如油的春雨大方过后，总会带给人们由衷的赞叹和惊喜。而它自己，却从不曾在意。

春雨，总是在人们持续的渴盼中，姗姗来迟。却又总在人们不经意中悄悄退去。无论来得及时还是不及时，都会带给人们意外的惊喜。去时无论有无声息，都会让人们无限地惋惜。就像一个有灵性的女子，能够读懂人们的心情。来去匆匆的脚步声中，令人不尽地留恋、回味、怀念。无论她来与不来，仿佛都一直与她在一起，不离不弃。

做人，当如春雨……

总有些日子得为自己而活

我的 2017 年，几乎每月都有那么一天或几天在外面游山玩水，领略山山水水带给我的惊喜。也总有那么一些日子安安静静地宅在自己的蜗居，发呆，写作，弹琴，听歌。躺在床上，手捧书卷，体验思接千载、视通万里的时刻。

喜欢把身体放在路上，接受自然阳光的沐浴，接受自然风雨的洗礼。接受自然赠予我的一切，无论平坦顺遂还是坎坷崎岖。

喜欢把自己放在床上，享受宁静淡泊带给我的恬淡安闲，不必劳心费神地去算计什么，争取什么。看着卧室的吸顶灯，呆呆地出神，任凭时光神不知鬼不觉地悄然而逝。大脑被放空的那一刻，仿佛身体和精神都已不属于自己。神游物外，身心都归于最静寂的原初状态，无所想亦无所见，无所求亦无所恋。不知老僧入定是不是这种状态。

喜欢优哉游哉的慢生活，总觉得，只有让自己的生活节奏慢下来，身体和心灵才能彼此照应，做到琴瑟相和；而不是一个已然在路上，一个还赖在家里不肯出发。我觉得“身体和灵魂，必须有一个在路上”是一种不得已而为之的状态，最佳状态是身体和灵魂时刻在一起，彼此欣赏，彼此扶持，共命运，同呼吸。任何一方被落下，另外一方都会感到失落和不爽。

作为芸芸众生中普通的一员，虽然不可能事事按照自己的意愿去做，但也有自己必须坚守的原则和底线。一旦遇到没有原则和底线的人，自己又不愿被同化，就选择沉默，选择离开，选择尽量与之不产生任何交集。当意外地走了一个面对面，不可避免地遇到了。淡然一笑后转过身继续走自己的路。

这个社会的生活方式是如此多元，所以不必对自己看不惯的嗤之以鼻，更无须耗费不必要的精力和时间。因为没有谁的行为准则是绝对正确的标尺。道不同者不相为谋而已。只是，这一生，无论艰辛还是轻松，无论坎坷还是平顺，总得有些日子为自己而活。活得纯粹，活得通透，活得舒展，活得自我，直到活成自己喜欢的样子。

以年轻的心态摆渡晚年

已是耄耋之年的恩师，依然精神矍铄，笔耕不辍。前年曾以 78 岁高龄，去了一趟台湾，回来后信笔写了多篇游记，发在《容城文苑》上。除了写作，恩师还喜欢泼墨挥毫，写写画画，经常给书画爱好者们讲课。

痴迷书法的老公就经常聆听恩师的讲课，回来后感慨颇多。他曾不解地问过我，孙老师都八十的人了，晚年怎么还写字写文那么有干劲啊？

老公的话让我不由得想起老家一位退休老人，他因为整日无事可做而愁眉不展。虽然老伴就在身边，他还是倍感孤单，就把两个儿子叫到自己身边，轮流值班，日夜陪护。即便这样，依然没有安全感。有一次，大儿子有急事暂时离开了一会儿，他竟然用刀在脖子上抹了一道口子，鲜血直流，吓得两个儿子再也不敢分神，守在他身边寸步不离。搞得自己和子女，每日都在担惊受怕中苦苦煎熬，疲惫不堪。

面对死亡，恩师的态度就显得淡定从容多了。记得他 73 岁那年去我家，曾笑着对我说："七十三，八十四，阎王不叫也得去。我今年正好七十三了，闯过去更好，闯不过去，我还跟亚圣孟子同寿呢，也是一件欣慰的事！”

每次去看望恩师时，他都把我领进书房，除了畅谈对时局的看法，还让我看他最近写的书法作品和自己的文章。跟我聊天时，脸上总是红光满面，仿佛有使不完的劲儿。一年一年过去，无论是容颜还是心态，都不见老。虽已至耄耋之年，依然步履矫健，笑声爽朗。

恩师这种以年轻的心态摆渡晚年的生活方式，既能让子女放开手脚，去追寻自己的幸福生活，又提高了自己晚年的生活质量。

已经步入中年的我，等到老年也会跟恩师一样吧：老有所为，老有所乐。不把自己的安全和快乐寄托在子女的探望和陪护上，而是建立在自己喜欢的事情上。

面对同样的人生终点，与其在诚惶诚恐中被动抵达，何如在谈笑风声中主动回归?

人瘦年丰和年瘦人肥

儿时过个年，整个村子都是沸腾的。年前不但家家户户炊烟袅袅，热气腾腾；就连胡同里也是人声鼎沸，香气扑鼻。

年后更是热闹非凡：踩高跷的，下腰叼纸币一旦成功，鼓掌喝彩的，慷慨赏钱的，人头攒动；舞狮子的，狮子滚绣球一旦出彩，叫好声此起彼伏，连续不断；荡秋千的，夫妻双双，恨不得荡到冒天云上，荡的和看得都过足了瘾；要钢叉的，把个银光闪闪的钢叉，要得虎虎生风，硬是把自己包在一片闪烁的银光之中，只见光，却再也找不见叉和人，用密不透风形容也毫不为过。只要你有其中一好，或表演或观看。就不愁找不到乐子。感觉那时的人虽瘦，年却是丰满的。

现在过个年，年前整个村子和平常没什么两样，安安静静的。除了象征性地扫扫房子外，什么肉啊，鱼啊，都不用提前炖一大锅了，反正超市里有的是，想买随时有；年糕啊，耨耨啊，馒头啊也不用亲自忙活了，想吃就能买到。

年后更是没什么两样，各种娱乐活动，简化合并成两个：打牌和上网。麻将桌前一坐，有输有赢有刺激。上网，守着电脑或捧着手机，聊天追剧打游戏。一坐半天甚至几天不动窝儿。悠哉游哉赛神仙。于是运动量越来越少，人越来越肥，年却越来越瘦了。有的地方甚至瘦成了一顿饭店里的年夜饭。

儿时过年，人们无论多忙，也都是眼里充满希望，脸上绽放笑容的。那瘦瘦的小身板挺得笔直，似乎浑身上下有使不完的劲儿。现在过年，人们无论多闲，也都是脸上透着疲惫，嘴里喊着真累。那胖胖的腰身只要坐下就懒洋洋地不想起来，似乎浑身上下都透着那么不舒服。

人瘦年丰的时代，已经被时光的车轮远远的抛在后面。我们怀念的，不是物质的贫乏，而是那个时代人们丰富多样的文化生活和饱满乐观的精气神儿；年瘦人肥的时代，人们早已过上了富足的物质生活，可是文化生活却远离了乡土的特有味道，过年时所特有的精气神儿也荡然无存。好在“有钱无钱，回家过年”的习俗还在，让家乡的父母那颗盼儿归的心得到抚慰，让在外打拼的游子那颗漂泊的心靠岸休息。

年，无论肥瘦，都是人生旅途中一个不可或缺的情感加油站：身体歇够了，亲情加满了，再踏上新的旅途。

总有幸福在前方等着你

身高不足一米的袖珍姑娘阿曼达，几乎从刚刚出生的那一刻就被医生判了死刑，因为她患有严重的脆骨症。这个不幸的消息让阿曼达的父母震惊而又伤心，但他们还是不遗余力地照顾她守护她。

幸运的是，阿曼达在父母精心地呵护下慢慢成长起来，虽然并没有像医生预言的那样很快夭折，但严重的脆骨症让成年后的她身高只有81厘米。这不但让她的父母担心她找不到合适的男子嫁出去。连阿曼达自己也感觉结婚生子对自己来说，是一个遥不可及而又奢侈的梦想。因为患有脆骨症，她不能像普通人那样去吃各种增高的药，更不能靠锻炼增高。因为那样做，无异于雪上加霜。不但于事无补，还增加了弄伤自己的危险系数。她只能老老实实地认命，不敢再做无谓的抗争。

也许自己根本找不到梦中情人，得不到自己想要的幸福。阿曼达经常这样悲观地告诫自己。每每想到伤心处，泪水就会顺着脸颊无声地滑落。为了不让别人看到，她总是自己偷偷地躲在一个不易被人发现的地方泪如泉涌。

一个偶然的机会，阿曼达在一家出租车公司工作时遇到了高大帅气的史蒂文。不知为什么，史蒂文经常故意用话语激怒袖珍的阿曼达，故意拿她的身高说事，直到把她气得眼泪都流出来，史蒂文才笑着走开。有时还会开一些过分的玩笑。然而善良的阿曼达对此并不记恨，一直用自己包容的心原谅着史蒂文，就像对待自己的亲弟弟一样。

渐渐地，史蒂文开始依赖阿曼达，经常有事没事地往阿曼达身边凑，并且向阿曼达表达想与她交往的意愿。一开始，阿曼达还忧心忡忡，觉得自己无论从身高还是家庭背景，都配不上史蒂文。她告诉史蒂文，她只是把他当成弟弟来爱护，没有别的奢望。可是史蒂文就是不放弃，一有机会就向她表达自己的爱慕之情。经过两年多不遗余力的追求，阿曼达终于被史蒂文的真诚所感动，同意与他交往。

当史蒂文第一次把阿曼达带到自己家里时，阿曼达很紧张，她非常害怕史蒂文的母亲挑剔自己的身高。但史蒂文的母亲不但对他们两个人的交往没有提出任何反对意见，而且对阿曼达也和蔼可亲。阿曼达和史蒂文正式确定恋爱关系后，开始跟正常的情侣一样，过着甜蜜、温馨的幸福生活。

三个月后，史蒂文陪着身体有点不舒服的阿曼达去医院检查。医生告诉他们，阿曼达怀孕了。看着眼前高大英俊的史蒂文，阿曼达心里五味杂陈，因为她害怕才刚刚 18 岁的史蒂文会因此而离开她，留下她一个人承担这一切。但是，史蒂文的眼里却充满了惊喜，他为自己就要当上爸爸而高兴万分。回家后史蒂文对阿曼达更加体贴。

不久，史蒂文在家里布置了浪漫的烛光晚餐，郑重其事地向阿曼达求婚。他单腿跪地，把自己为阿曼达特别定制的钻戒，小心翼翼地戴在她左手的中指上。看着闪闪发光的钻戒，阿曼达的泪水瞬间涌满眼眶。史蒂文还请著名的设计师艾米·罗文为阿曼达设计了一套美丽而别致的婚纱。

结婚那天，英俊帅气的史蒂文俯下身，把小巧的阿曼达背进舞池，伴着优美的舞曲跳了一支舞。这时，到场的记者对新郎和新娘进行了采访。

新郎史蒂文笑着说："阿曼达善良，幽默，跟她在一起很开心。"而袖珍新娘阿曼达则红着脸说："当我和史蒂文跳起那支舞时，我确信，幸福真的已经来到我身边。"她激动地告诉在场的亲友："上帝对每个人都是公平的，只要用心去爱，总有幸福在前方等着你。"

酒需细品知真味，人需久处见真情

分别把兰花、桂花、杨梅和枸杞子浸在白酒里，互相洇染浸润一段时间。再品时，竟发现白酒已经变了味道。兰花酒的辣已经变得温和，只有酒的香和微微的甜弥散在馥郁的兰花的芬芳里。丝丝缕缕，绵延不绝。而桂花与酒的结合，则是另外一种香，淡雅又不失细腻。既不似兰花酒的浓郁，也不像杨梅酒的清新。

杨梅酒是色泽鲜艳的玫红，看一眼心动，品一口心醉，微微的香辣和浓浓的甜酸之外，还有一种令咽喉格外留恋的清爽。枸杞酒色泽虽令人心动，但是极有性格。就像一个暴脾气的美女，看时不由心生爱怜，接触时未免心生恐惧，最后只好敬而远之。面对杯中的枸杞酒，小啜一口，酒的辣仿佛有了枸杞子的倚仗，不但未减分毫，还愈加浓烈。那是一种有恃无恐的放纵的辣。从入口那一刻开始，辣就长驱直入，顺着咽喉、食管一直辣到胃里。

兰花酒和枸杞酒，一个香到极致，一个辣到极致，是快意人生。而桂花酒和杨梅酒，一个香得温润淡雅，一个甜得舒爽清新，中庸得恰到好处。

自酿的葡萄酒入口酸甜清芬，只有一股淡淡的似有似无的酒味儿，试图证明自己“酒”的身份。慢慢地品，细细地饮。既有果汁的酸甜可口，又有果酒悠悠的余韵。

其实，任何一种酒细品起来，都有属于自己的独特味道。白酒的辣之外，一定伴着香！所以才被分为各种不同的香型，如清香型、浓香型和酱香型。啤酒的苦之外，一定伴着甜，而不像有些人说的泔水味儿。黄酒的涩之外，一定伴着温润。红酒的酸之外，一定伴着更让人迷恋的味道，而不单单靠颜值得宠。所以，想得到酒中真味，非细品不可。

品酒如识人，有的人就像兰花酒，高贵典雅。有的人就像桂花酒，温润清雅；有的人就像枸杞酒，快意恩仇；有的人就像杨梅酒，自内而外透着一股小清新……

酒需细品知真味，人需久处见真情。而生活，更需慢慢来过，细细品味。匆匆忙忙，走马观花，无形中便会失去很多美好。慢慢走，细细瞧，将美丽采撷，把丑陋筛掉。

第三辑　文史纵横

有道是："以铜为鉴，可以正衣冠；以人为鉴，可以明得失。"在中国古代及近现代史上，有很多人物都值得我们学习，让我们在思接千载、视通万里中，反观自身的不足，从而开阔眼界，扩大格局。

高能段子手苏东坡的快乐生活

北宋大文豪苏东坡，生性豪爽，洒脱率真。不但琴棋书画样样精通，而且他的散文和诗歌在当时也是独步天下绝无仅有的，堪称北宋文学界第一大V。提起苏东坡，除了他的诗文，很多人也会想起一道美食“东坡肉”，可见，苏东坡在当时还是超级吃货一枚。可是作为高能段子手的苏东坡可能就少有人知道了。作为段子手，而且还是高能段子手，苏东坡的幽默还真不是吹出来的。

元丰三年（1080），苏东坡因“乌台诗案”被贬到黄州做团练副使。游山玩水时，在龙丘偶遇了当地土豪陈季常，因为两个人相谈甚欢，又很投脾气，一来二去就成了好朋友。一日，陈季常把苏东坡请到自己家中做客。二人分宾主落座后，家丁端上酒菜，不一会，陈季常响指一打，进来一群歌伎，为二人载歌载舞。正在两人把酒言欢之际，忽听得隔壁传来“咚咚咚”捶打墙壁的声音，还夹杂着声高气粗的骂声，且一声比一声急迫。陈季常顿时变了脸色，显得异常尴尬，不停地跟苏东坡解释说，那是性情暴躁的妻子柳氏吃醋了，拿着木杖在捶打墙壁。苏东坡听后，先是一愣，紧接着就口占一绝道："龙丘居士亦可怜，谈空说有夜不眠。忽闻河东狮子吼，拄杖落手心茫然。"

这首七绝把陈季常滔滔不绝的兴奋和听闻妻子捶墙后茫然失措的尴尬，刻画得淋漓尽致。既解了陈季常的尴尬，又不至于使欢歌燕舞异常扫兴。它的搞笑程度丝毫不逊色于现在的段子，而且还是高能段子。如果说苏东坡只是碰巧了写过这么一次搞笑的诗歌，纯熟偶然，还不能称为段子手，可是像这样的事情，在苏东坡的身上缕缕发生。

宋哲宗绍圣二年（1905），苏东坡去广东惠州任职，时任广州知府的章质夫因为久闻苏东坡的大名，就派了一名官吏带着自己写给宋东坡的书信，去送酒，没想到送酒的官吏不小心在途中摔倒了，六壶好酒洒了个精光。只把那封信交给了苏东坡。苏东坡觉得好笑，当时就作诗一首，让官吏带给章质夫。章质夫拆开一看，一眼就看到苏东坡的诗：《章质夫送酒六壶书至而酒不达，戏作小诗问之》："白衣送酒舞渊明，急扫风轩洗破觥。岂意青州六从事，化为乌有一先生。"读来令人忍俊不禁。

北宋史学家刘攽，出身诗书世家，与司马光同修《资治通鉴》，为人所称颂。但为人大大咧咧，不修边幅，又爱取笑同僚，虽然曾有人提出过抗议，却不愿听从，依然故我。不幸的是，他晚年得了风疾，须眉脱落，鼻梁塌陷。一天，苏轼和一帮朋友去拜访他。见他这个样子，苏轼欣然调笑道："大风起兮眉飞扬，安得猛士兮守鼻梁？"朋友们听后，个个捧腹大笑，只有刘攽闷闷不乐。

苏东坡不只喜欢把别人当成段子里的主人公，有时也喜欢让自己成为段子中的主角儿，让别人取笑自己。

一次苏东坡退朝回家，忽然心血来潮，指着自己的肚子问身旁的几个婢女："你们谁知道我这里面有些什么？"婢女们有的回答说"文章"，有的回答说"见识"，苏轼听后一个劲摇头。这时，最小的婢女王朝云捂着嘴笑道："大人，您肚子里装的都是不合时宜。"苏东坡一听就笑了，一边点头一边说道："然也，然也。知我者，唯朝云也。"可见，苏东坡就是想让婢女们说出自己满肚子的不合时宜。所以当最小的婢女王朝云把他心中的想法说出来时，才会笑得那么开心。

正是因为苏东坡生性豁达，乐观，所以时时处处不忘黑人与自黑，把不尽人意的官场生活和平淡无奇的家居生活过成段子，让自己的周围充满了快乐和欢笑，既体现了他的机智与幽默，也体现了他旷达博大的气度和胸襟。

曾国藩也会开玩笑

曾国藩才学甚高，又爱才惜才，求贤若渴。1853 年，任湘军统帅时，手下很能干的军师刘蓉忽然提出辞职。

曾国藩好言相劝，希望留住刘蓉。经再三规劝，刘蓉表示愿意让步，却提了个条件。曾国藩答应得痛快，说只要自己能做到就一定满足。

刘蓉微笑着开出条件："你要是能写出一首让我发笑的诗来，我就不走了。"之所以提此条件，是因为日常相处中，曾国藩一向不苟言笑，以郑重严肃著称。

曾国藩沉吟片刻，旋即研墨挥毫，不一会，一首宝塔诗便跃然纸上：

虾
豆芽
芝麻花
饭菜不差
爹妈笑哈哈

新媳妇回娘家
亲朋围桌齐坐下
姑爷一见肺都气炸
众人不解转眼齐望他
原来驼背细颈满脸坑洼

曾国藩用自己沉雄俊秀的笔锋，写出如此引人发笑的诗，真是亦庄亦谐。刘蓉还没看到最后，便忍俊不禁了。

若说这次曾国藩的幽默为刘蓉所迫，有意为之，那么，得意门生李鸿章笔下记载的幽默风趣则是曾国藩随性而为，是从骨子里渗透出来的了。

李鸿章这样写道:“在营中，我大帅（曾国藩）要我陪大家一同吃饭，饭罢即围坐高谈阔论。他老人家最爱讲笑话，常惹得大家笑痛肚皮；他自己偏一点也不笑，只管穆然端坐，捋须，若无事然。”俨然达到讲笑话的最高境界，说者一脸肃穆，听者笑得欢快。

曾国藩的幽默风趣不仅表现在与同僚和下属的交往上，有时也表现在与家人的相处上。有一次，他的小女儿曾纪芬想做个刘海，把头发拉得长一点，就把想法跟父亲说了。曾国藩立刻笑着答应道：“好，好，我这就去给你请个木匠来，帮你做个木架子，架在你的额头上，把你的刘海拉得又长又漂亮。”说完，他自己也忍不住笑了起来，体现出父亲慈爱的一面。

可见，曾国藩与人相处拿捏有度，收放自如，大智若愚，大巧若拙。

胡震亨历十载编纂《唐音统签》

现在一提到唐诗，很多喜欢唐诗的人都能够如数家珍地背出很多首。诗仙李白的《静夜思》和诗圣杜甫的《望岳》，启蒙了一代又一代的孩子们。还有李商隐的“春蚕到死丝方尽，蜡炬成灰泪始干”和杜牧的“商女不知亡国恨，隔江犹唱后庭花”等更多脍炙人口的诗句，之所以能够流传至今，跟一位名叫胡震亨的老先生密不可分。若不是他呕心沥血，兀兀穷年，历经十载精心搜集、编选和刊印，恐怕这些唐代文学史上的瑰宝早已湮灭在历史的烟尘中。那么胡震亨是何许人，又是怎么把散佚于各处的唐诗一首一首汇编在一起的呢?

胡震亨是明代文学家、藏书家，浙江海盐武原镇人，为人学识渊博，藏书丰富。他家的藏书楼“好古楼”，规模宏大，藏书万卷。各种热门的冷门的书籍应有尽有。

按说这么多藏书够他一生研读了，为什么还要在年近花甲时开始做收集、编纂唐诗这种艰辛异常的工作呢？事情的起因还要追溯到 1625 年一天的上午，当时 56 岁的胡震亨坐在自己的藏书楼里。拿起号称当时最全的一套丛书《唐诗记》第一卷，翻开第一首诗，就忍不住发怒了："开篇就把人家唐高祖李渊的一首诗给记漏了，这也配号称最全的唐诗吗？"愤怒之余，他开始下定决心，一定要编一套完整的唐诗出来，虽然自己很快就要进入花甲之年，但这又有什么关系呢？先干起来再说。

一旦开始，胡震亨就再也停不下来，他把自己关在偌大的藏书楼里，把跟唐诗有关的各类书籍翻了个遍。一边翻阅一边用他那漂亮的小楷字认真抄录在一张张宣纸上。一日三餐，都是差人送到藏书楼。除了吃饭睡觉，他都在藏书楼里忙活。日复一日，年复一年。抄录的唐诗及相关诗人的传记、评论等摆了一摞又一摞。最后，他把这些诗文资料按照时间顺序分门别类汇总在一起，命名为《唐音统签》。当他把这些抄录好的唐诗刊印成册后，已经过去了整整十年的光景。

看着自己历经十载，费尽艰辛编辑成的这部唐五代诗歌总集，胡震亨不由得老泪纵横。他知道这些诗歌浸润着诗人们的才华和心血，如今自己的心血也和这些诗人的心血熔铸到一起，他怎能不激动万分呢？

《唐音统签》共1033卷，按天干之数分为十签，既有当时最完整的唐诗，也有极其珍贵的文学评论、传记史料，在中国古代私人编书史中是首屈一指的。该书不但搜罗丰富，为历代研究唐诗者所重视，还一度成为清代纂修《全唐诗》的蓝本。

正是因了胡震亨的辛苦编纂，我们今天才有幸看到唐朝的伟大诗人们朝辞白帝、夜泊牛渚、暮投石壕、晓汲清湘的足迹，有幸看到诗人们笔下的千里莺啼、万里云罗、一春梦雨的美景，有幸看到他们漫卷诗书、永忆江湖、哭呼昭王、笑问客来的心绪。在享受唐诗带给我们的各种美感的同时，也让我们深深铭记这位对传承唐诗做出过巨大贡献的实干家胡震亨。

叫日本一跪 800 年的宰相刘仁轨

公元 685 年 3 月 2 日，84 岁的草根宰相刘仁轨驾鹤西去。一时间震动朝野，举国悲恸。武则天下令停朝三日，文武百官轮流去刘府悼念，朝廷对刘仁轨的追赠表彰更是多得停不下来。

可就是这么个朝野上下人人称道的好人，却曾经把东邻日本打得一败涂地，满地找牙，800 年不敢轻举妄动。一战就教会了他们如何做人，在他们号称无比辉煌的历史上，填上惨烈而又晦暗的一笔。

开战时的刘仁轨已经 59 岁，当时朝鲜半岛上的百济，不再甘心做大唐的属国，全力对抗，一刻也不肯消停。大唐不停增兵，却始终无法搞定这个小国。眼看着局势越来越危急。继续打还是撤军，整个大唐都无比纠结！

就在这个节骨眼上，有人向唐高宗举荐了刘仁轨。于是他临危受命担任检校带方刺史，率领大军开进了朝鲜半岛。因为刘仁轨平日默默无闻，百济将领一时之间也摸不清底细。直到双方第一次交手百济吃尽了苦头，才意识到这个新来的刘仁轨，绝非等闲之辈。眼看节节败退的百济王扶余丰，赶紧向身旁的倭国（也就是日本）求救。看热闹不嫌事大的日本欣然派兵前来救场，想一举将大唐将士赶出朝鲜半岛。天智天皇派了四百多艘战船共五万多人，气势汹汹，杀奔而来。想两国里应外合一鼓作气，直接把大唐撵出去！

听到倭寇到来的消息，刘仁轨以及他麾下的一万大唐将士，显得特别兴奋！原本想去攻打百济城的刘仁轨，临时改变战略战术，转而扑向百济军屯兵的周留城，打了百济一个措手不及。

高调前来的日本战船，还没上岸，就被刘仁轨指挥的大唐精锐战舰，当成了活靶子，四百多艘日本船，在刘仁轨的一万唐军的合围下痛打不休。弩箭呼啸间，日本船几乎全部沉入江中，整个白江水面，顿时一片殷红！日本舰队全军覆没，周留城的后路被断，百济国王扶余丰被俘。而日本仅存的几千残兵，跪在周留城外的泥淖里向大唐举手投降。

百济战败后，一向傲慢无礼、为虎作伥的日本再也不敢跟大唐叫板，而是乖乖地派遣唐使前来学习政治、经济、文化各个领域的先进知识和经验。千方百计促进日本和大唐之间的友好往来，对大唐极具仰慕。

面对傲慢无礼、助纣为虐的日本，宰相刘仁轨一战立威，用实力和武力狠狠地教训了他们一顿。让他们真真切切地品尝到牛刀杀鸡的滋味。一战就秒杀了他们的锐气和霸气，掐灭了他们称霸东亚的幻想。只剩下跪地投降的份儿，哪还敢仰着脑袋看天，横着膀子走路呢？

对像日本这样欺软怕硬的对手，无须多说，只要增强国力和实力，把它远远的甩到后面去就够了，在这方面，老宰相刘仁轨给我们做出了榜样。

屡次外放初心不改的刘禹锡

说起唐代大诗人刘禹锡，人们大多对他的《陋室铭》耳熟能详。正是他“山不在高，有仙则名，水不在深，有龙则灵，斯是陋室，惟吾德馨……”令我们脑海里浮现出一位清雅之士高洁傲岸的情怀。

公元805年，刘禹锡因八司马事件，与柳宗元一起，被贬远州。公元815年2月，与柳宗元一起奉诏回京。两年后，也就是公元817年2月，他写了一首名为《玄都观桃花》的诗：

紫陌红尘拂面来，无人不道看花回。玄都观里桃千树，尽是刘郎去后栽。

因这首诗得罪了执政，刘禹锡被外放连州。一待就是十年。在这十年里，刘禹锡始终保有一颗赤子之心，达则兼济天下，退则独善其身，吟诗作赋，畅游山水。不但尽享山水之乐，还跟友人唱和往来，互赠诗赋，没有一点愁苦的样子。后来，唐宪宗驾崩，新皇帝继位，有人向新皇帝建议让刘禹锡回京，新皇帝也就做个顺水人情，召他回来了。大和元年，再次回到京城的刘禹锡心情大好，复游玄都观，看到另一番情景。刘禹锡又作了一首《再游玄都观》

“百亩庭中半是苔，桃花净尽菜花开。种桃道士归何处？前度刘郎今又来。”表现了自己不屈的意志。一辈子喜欢作诗的刘禹锡做梦也没想到，他的这首诗再次把他送上了贬官外放之路。

远调他乡的刘禹锡，早已达到“既来之，则安之”的境界。高洁傲岸的品性仍在，洁身自好的情怀不改。无论华衣素服，还是高屋陋室，均能做到安之若素；享素琴之雅趣，悟金经之禅意……不知不觉间又是一个十年。

公元 836 年，当刘禹锡第三次回到京城时，早已年逾花甲。虽然刘禹锡最好的年华都在外放之地度过，但他的心志并没有因为贬谪生活而沮丧和颓废，反而更加踌躇满志，豪情满怀。像他的《秋词》“自古逢秋多寂寥，我言秋日胜春朝。晴空一鹤排云上，便引诗情到碧霄”。全诗一反传统的悲秋观，颂秋赞秋，赋予秋一种导引生命的力量，表现了诗人对自由境界的无限向往之情。独树一帜的豪情博得了白居易的欣赏，盛赞刘禹锡为“诗豪”。

一代诗豪，才情如海。屡次外放，初心不改。

东坡处处筑苏堤

苏轼的一生，不但在浙江杭州西湖筑了纵贯南北的长堤，还分别在安徽颍州（今阜阳市）的西湖和广东惠州的西湖筑了长堤。正应了民间“东坡处处筑苏堤”的说法。

公元1089年，任龙图阁学士的苏轼到杭州上任。当时见到的西湖，由于长期没有疏浚，已淤塞过半。湖中长满野草，凌乱不堪，不但影响了美观，还严重影响了农业生产。在绕湖行走时，他听到有的百姓在慨叹“更二十年，无西湖矣”！一向关心民间疾苦的苏轼，决心彻底疏浚西湖，让它重现生机。在到达杭州的第二年，他就率众20万开始疏浚西湖，把挖出的淤泥集中在一起，还掺和了从附近高丽寺取来的赤土，筑成一条纵贯南北的长堤。后来人们为了纪念苏轼的功绩，就把这条长堤称作苏堤。

两年后，苏轼转知颍州。到颍州后，第一件事就是拒开八丈沟以防颍州被淮水倒灌，紧接着就着手疏浚颍州西湖的蓄、泄洪通道——中清河、白龙沟，极大地便利了颍州通往淮水的航运交通。当地百姓为了纪念苏轼，仿杭州西湖苏堤建成一条大堤，以纪念苏轼。此后颍州西湖也有了一条苏堤。

又过了 4 年，苏轼到惠州上任，发现惠州西湖两岸交通不便，阻隔了往来，就提议在西村和西山之间筑堤建桥，不但自己带头捐出皇帝赏赐的黄金数两“助施犀带”，还动员弟媳史氏捐出“黄金数千助施”，整个工程由栖禅院僧希固主持，先“筑进两岸”为堤，再用“坚若铁石”的石盐木在堤上建桥，取名西新桥。堤桥落成后，苏轼与全城百姓同庆，并写诗记录了当时欢腾的场面：“父老喜云集，箪壶无空携。三日饮不散，杀尽西村鸡。”后人为了纪念苏东坡的功绩，将这条长堤命名为苏公堤，简称苏堤。

一代文豪苏东坡，不但诗文独步天下，而且时刻心怀百姓。为官一任，造福一方。所到之处，修桥筑堤，广受百姓的拥戴。

苏堤信步伴清风，美景怡人念苏公。天若有情天亦老，为官正道系苍生。

诸葛亮死后被清查家产

公元 234 年，53 岁的诸葛亮（181—234）病死在五丈原（今陕西宝鸡岐山境内），蜀军不得不班师回朝。把诸葛亮厚葬之后，黄皓（三国时蜀国的宦官）就上书要求清查诸葛亮的家产。

后主刘禅本是个耳软心活之人。听黄皓这样一说，心不由得动了一下，但他还是把诸葛亮写给他的《自表后主》拿出来让黄皓过目。里面详细罗列了诸葛亮的财产状况："臣初奉先帝，资仰于官，不自治生。今成都有桑八百株，薄田十五顷，子弟衣食，自有余饶。至于臣在外任，无别调度，随身衣食，悉仰于官。不别治生，以长尺寸。若臣死之日，不使内有余帛，外有盈财，以负陛下。"所有的财产加在一起，不过 800 棵桑树，15 顷薄田，就连儿子们都是自给自足，自己没有一点多余的财产。

黄皓看完，脸上露出一丝狡黠的笑，说："陛下，诸葛亮在世时，独揽朝政，权倾朝野，他表中所列的财产清单，不过是作秀给您看。想来他做丞相这么多年，家中竟无一点多余的财产，甭说朝中的大臣们不信，就是陛下您，就没有一点怀疑吗？”刘禅一听，觉得也不无道理，于是抛开顾虑，派黄皓和大臣习隆一起带人去相府清点财产。

负责清查家产的人几乎把诸葛亮的家翻了个底朝天。黄皓满心欢喜地想着若能查出些稀世珍宝来，自己也好从中受益。可令他没想到的是，诸葛亮的家产与《自表后主》里写得分毫不差，根本没有任何多余的土地和钱财，这让他很是沮丧。

失望透顶的黄皓，只好将实情告诉了刘禅。刘禅听完也忍不住长叹一声。直到此时，他才知道，诸葛亮的《自表后主》中所列财产并非作秀，而是句句属实。他为自己对诸葛亮的怀疑感到愧疚和不安，追谥诸葛亮为忠武侯，并厚待其家人。

诸葛亮的一生，身居高位，不倨不贪，廉洁奉公，至死不渝。真正做到了他自己所说的“鞠躬尽瘁，死而后已”。

何瑭的另类遗嘱

何瑭祖籍江苏泰州，出生于官宦世家。他从小聪明好学，才华出众，27岁考中进士后在翰林院任职。任职期间，不但勤政爱民、刚正不阿，而且在书画和音律上都有很深的造诣。当时朝中要员争相传阅。

1543年，九月十三日，年已七十的何瑭病危，弥留之际，他把自己的两个儿子叫到身边。好生叮嘱："为父死后，你兄弟二人一定要谨记，丧事切勿大办，一切从简。"交代完丧事，何瑭停顿了一会儿，才重开口吩咐大儿子道："快去，把我的书画拿来。"大儿子不敢怠慢，赶紧去父亲书房，把所有的书画都拿到父亲面前来。何瑭又吩咐小儿子："你把这些诗画拿出去烧掉。"小儿子也按照父亲的吩咐，把这些书画悉数付之一炬。看着跪在自己面前的两个儿子，何瑭笑了一笑虚弱地说："为父之所以不把这些东西留给你们，就是希望你们二人能够自食其力呀。另外咱们家的家产，你们俩也要拿去捐给需要的穷苦人家，你兄弟二人无论何时，都要勤俭节约，不得铺张浪费。"叮嘱完后，何瑭让妻子取来纸笔，用尽浑身力气，写下最后的两句话："子孙胜似我，要钱做什么？子孙不胜我，要钱做什么？”这才慢慢地闭上眼睛。

何瑭逝世的消息传到皇宫后，嘉靖皇帝非常伤心，不但下令厚葬何瑭，并且追封何瑭为礼部尚书，谥号“文定”。为了表彰何瑭生前做出的贡献，下令在何瑭的墓前立了一块“下马碑”，从此只要从何瑭的墓碑前过往的官员，都需要下马鞠躬拜谒何瑭。而当地百姓也自发为他建庙纪念。

那块下马碑上赫然刻着何瑭所书“子孙胜似我，要钱做什么？子孙不胜我，要钱做什么”的遗言。何瑭的两个儿子之所以让工匠把父亲的这两句话刻在石碑上，既是为了警醒自己，也是为了提醒后人。

纵观古今所立遗嘱，大多内容涉及家产的分配情况，以免兄弟姐妹之间发生无谓的争执甚至大打出手，破坏家庭和睦。而身为朝廷大员的何瑭，却立了一份另类的遗嘱，不但散尽家财，还把自己值钱的书画作品全部焚烧殆尽。为的就是教育他们要自己艰苦奋斗，勤俭节约。正因如此，才格外受朝廷重用，受百姓爱戴，开创了皇帝为臣子立“下马碑”的先河。

乾隆读画如读书

乾隆喜欢收藏字画，更喜欢读画。读得真是入眼、入脑、入心、又入手啊。就拿所读赵孟頫的《鹊华秋色图》来说，画中平川洲渚，红树芦荻，渔舟出没，房舍隐现；绿荫丛中，两山突起，山势峻峭，遥遥相对。两座山峰把整幅画面分割成三个大小不一的空间，使得整幅画卷疏密相间，错落有致。

乾隆越看越喜欢，看着看着，便不由自主地提起笔来，饱蘸浓墨，于空白处洋洋洒洒，挥就一首七绝观后感。写完觉得还不过瘾，又把赏画时的所思所想，悉数写在上面。就这样，又是诗词歌赋，又是读后感，甚至还把随笔考证也一并写进去，直到再没有空间写字为止。然后又把自己喜欢的数枚印章小心翼翼地印在上面，点缀其间。最后还不忘扣上那枚硕大无比独一无二的鲜红印章。

单凭乾隆对《鹊华秋色图》的赏鉴，便可知他对这幅画钟爱到何种程度了。据说他对另一幅名画《富春山居图》的赝品，也是读得细致着迷，各种感慨一并抒发其上，真是朱墨纷呈，丰富至极。

虽然后人对乾隆读画的习惯褒贬不一，但他这种随读随记随考证的习惯，用在读书上再合适不过了。如果每读一本书，都能养成圈点勾画、勤思考、勤记录的好习惯，何愁读不懂、读不深、读不透、读不出新的境界来呢？脂砚斋读出了《脂批红楼》，毛宗岗读出了《毛批三国》，金圣叹读出了《金批水浒》，李卓吾读出了《李批西游》，可见，像乾隆读画一样读书，一不小心，就会出现批评家和大作家呢。

秦大士巧化祖先污点

提起南宋抗金名将岳飞，我们就会不由自主地想起陷害岳飞父子于风波亭的大奸臣秦桧。

臭名昭彰的秦桧无论在之后的帝王那里，还是百姓的口中，口碑都差到极点，用遗臭万年来形容毫不为过。就连他创造的字体，因为忌讳他的姓氏，都由秦体改成了宋体。如果不是他的后代秦大士成功逆袭，恐怕秦桧的子孙后代真会接受百姓万年唾骂，永无翻身的机会了。

乾隆十七年（1752），秦大士参加了皇太后60寿诞的万寿恩科。殿试结束后，秦大士的试卷位居前列，被主考官上呈皇帝，等待钦点状元。乾隆皇帝看到秦大士的答卷不但文采出众，而且一手漂亮的小楷仿佛有种勾魂夺魄的魔力，在十份试卷中格外令人赏心悦目。可是，当乾隆看到左下角的"南京"二字时，心里不由得一惊，有些犹豫不决起来。这个士子会不会是北宋大奸臣秦桧的后代？如果是，我却钦点他为新科状元，传出去岂不被后世人耻笑？想到这里，他的御笔不由自主地停在半空，越想越觉得应该将秦大士的身世查个水落石出。于是，他放下御笔，立刻召见这个文才和书写都很出众的南京士子。

秦大士进殿后趴在地上，满心欢喜地期待着皇帝宣布好消息。可是，他做梦也没想到，乾隆张口就问："你是不是秦桧的后代？"这一问，把秦大士惊出了一身冷汗。一时间不知该怎样回答。如果实话实说，肯定前程尽毁。可是如果矢口否认，就背叛了祖宗，不但不孝，而且欺君，弄不好脑袋可就搬家了。横竖有风险，不如委婉地承认。想到这里，他显得异常冷静。快速理好思路，壮起胆子高声答道："皇上，一朝天子一朝臣。"

秦大士这简短的回答，既默认了自己是秦桧的后代，又没明确说出来，给彼此双方都留下一条退路。且有很明显的弦外之音在里头：只有南宋那样的昏君才会让奸臣当道，大清现在有您这样一位明君，怎么可能出现奸臣呢？聪明如乾隆，当然听得出这弦外之音。当即龙颜大悦，御笔一挥，欣然钦点他为新科状元。

秦大士仅用七个字，就巧妙地化解了危机，逆袭成为清朝第 43 位状元，被授翰林院修撰。

皇帝这一关总算是化险为夷了。但是聪明的秦大士知道，自己仅仅通过皇帝这一关是远远不够的。还必须对天下百姓有个交代，才能平安渡过悠悠众口这一关。只有得到百姓的拥戴，才能彻底化解祖先秦桧带来的百年信誉危机。

秦大士高中状元以后，高调做的第一件事情就是前往杭州西湖。长跪在岳飞墓前，虔诚祭拜。沉思良久，挥笔写下："人自宋后羞名桧，我到坟前愧姓秦！"这句话不但情真意切，而且立场鲜明。跟在身边的随从无不对他刮目相看，肃然起敬。这句话一传十十传百，很快就传到朝中百官和山野百姓的耳朵里。人们终于肯相信，秦大士可以成为一位有别于祖先秦桧的好官。而秦大士也用一生的清廉给了皇帝一个交代，给了万民一个交代。

秦大士牢记教训、勇于担当、说到做到的美好品格，使得他终于成功逆袭，一举洗刷了祖先秦桧留给后代的耻辱。这位造福百姓的清官的言行举止，一时间传为佳话。直到现在，在南京长乐路的秦大士故居，前来参观与缅怀的人也是摩肩接踵，络绎不绝。

第四辑　岁月长廊

跋山涉水，回望时光：那些登过的山，看过的海，闻过的花香，美好的遇见……都在岁月的长廊中鲜活灵动，活色生香。谆谆的教诲，纯纯的友谊，浓浓的年味儿，童年的记忆……构成岁月长廊中一道道亮丽的风景。粒粒如珠，清晰如昨。

北方的江南小镇“古北水”镇

身处北方，对江南秀色一直心向往之。

直到站在古北水镇外面狮子桥上的那一刻，我才知道，也才相信，在北方也能一睹江南风光。

是的，我被眼前出现的这一幅江南风景图震撼了：曲折而又开阔的河道里，碧绿澄澈的河水从容静卧，没有一丝的波澜。西岸，两排高大笔直的银杏树静静地挺立着，金灿灿的扇形叶片，密密地挨着，仿佛把它们周围的空气都染成一片金黄，与河对岸那些古朴典雅的青砖灰瓦互相映衬，清新而又明艳。河水绿得让人心醉神迷，清得能照出岸边各种美好事物的倒影，以至于找不到岸与水的分界线，二者水乳交融，浑然天成，不禁让我们怀疑自己一不小心就走进一幅精美绝伦的图画里。

感叹着，流连着，虽然一再彼此提醒着，还是落在队伍最后面。进入古北口驿，经由售票大厅向南，排着队伍通过检票口。

“哇！咱们终于可以自由观光拍照啦！”我们都兴奋得有些把持不住啦。向前没走几步，脚下的石板路就一分为二，变成两条。因为早就商定要去攀登司马台长城，所以按照路标指示牌一路向东走。

进入南天门，眼前出现一条宽阔的街道，街道两旁是形形色色的商铺，房屋一律是青砖灰瓦，斗拱飞檐，门也是陈旧而又古朴的木板门。一眼看去，就像一位饱经沧桑仍屹立不倒的老者，向游客述说着曾经的繁华与历史的沧桑。

成衣铺、灯笼铺、风筝铺等各种商铺应有尽有，甚至有个商铺专营各种手工编制的器具：笸箩、斗笠、背篓、竹筛等不一而足，浅山茶馆、英华书院、司马缸酒楼、杨令公客栈……这些只有在古装戏里才能见到的场景，就这么具体而完美地呈现在眼前，亦真亦幻。

以商铺街为主干，沿着向南的小巷，可以看到碧绿如翡翠的汤河，河对岸青翠峭拔的山岩间，一条细瘦的清流歌唱着，喷珠溅玉般从山顶俯冲下来，扑入汤河温暖的怀抱。那一刻，让我想起郦道元在《三峡》中“素湍绿潭，回清倒影”的描写。而那些向北的小巷，则通往另一条河道，虽宽不足丈，但河水依然绿得纯粹，绿得彻底，绿得让你不忍伸手去触摸。彼岸垂柳依依照影，此岸木椅弯弯静卧；水面偶见荷叶亭亭立，又有石桥巧相连。

街道繁华喧闹，小巷幽静安宁。火红的爬山虎不挑不拣，随遇而安。使寂静的小巷更寂静，让喧嚣的街铺更喧嚣。

沿着悠长的石板路，时而前行，时而拐进旁边的小巷。越往里走，小巷越幽深。很多民宅都人去屋空，厚重的木板门被铜环铁锁牢牢锁住，木格子窗棂后面是厚厚的毛玻璃，很难看清里面到底有些什么。于是轻叹一声，转身出来继续前行。

不知不觉间来到杨无敌祠。步入其中，但见老令公杨业跨马横刀，位于正中。一缕长髯，飘洒胸前。八个儿子分列两旁。杨延昭手握银枪，英气逼人。遥想当年，父子镇守此地，与辽国多次交战，屡战屡胜，吓破敌胆，获得“杨无敌”的美誉。如今，这些历史的烟尘渐行渐远，而杨家将也因为忠君爱民，战功赫赫，被载入史册彪炳千古，这座杨无敌祠就是当地百姓自发筹建，之后香火不断，直到今天。

出了杨无敌祠，看看时间已近下午四点，赶紧加快脚步，向司马台长城检票口走去。

检完票，经过一段木阶梯，走上一段水泥路。左侧，是峡谷，谷内水声潺潺，清波回旋，从鸳鸯水库流出来的碧水汇入古老的汤河。右侧，是山坡，各种红的、黄的、红黄绿相间的秋叶五彩缤纷。被风吹落的红叶随意地躺在地上，有种“落红成阵”的震撼。

踏上司马台长城台阶的一刹那，心里不由得升起一股豪情。沿着陡峭的台阶一路上行，脚下是斜斜的台阶，两旁是风蚀殆尽的断壁残垣。有的地段竟然没有一点护墙，如果走得太靠边了，就有失足跌落悬崖的危险。怪不得司马台长城被列入全球不容错过的25个景点之一呢，原来它的险峻早已闻名遐迩，蜚声海内外。残破，我们不嫌；险峻，我们不怕；凭着高昂的斗志和顽强的毅力，我们登上最高的第十座城楼。

站在这座残破不堪却有着最古老历史的明长城上。往下望去，真是万山红遍，层林尽染。汤河碧透，乌篷悠游。整座小镇倚在大山的臂弯里，安静恬淡，享受着山的护祐，水的灵秀。古老的汤河就像一条碧绿的玉带，曲曲弯弯，把小镇围在中间，生怕它受了风寒。如今，历史的烽烟早已远去，目之所及是如画的江山。忍不住口占一绝：

万里长城司马台，战火硝烟心不改。
历经明清容颜在，蜚声世界更精彩。

从长城上下来天已擦黑，小镇里各种灯次第亮起，点亮小镇的夜色。看着岸上水里那些火红的、金黄的灯光，以及那些金碧辉煌的建筑在水里的倒影。不由想起朱自清《荷塘月色》中的句子：“光与影有着和谐的旋律，像梵婀铃上奏着的名曲。”大概就是彼时的感受吧。

在古北水镇行走，既能感觉到江南小镇的飘逸灵秀，又能领略到北方重镇的刚劲巍峨。北国的雄健和江南的柔美有机地交融在一起，刚柔相济。让人如同行走在美丽的梦境中，久久不愿醒来。

青龙峡拾零

此山非彼山，自有一片天。山水相依处，“青龙”峡内眠。

——题记

周末，和同事们一起游览了北京怀柔的青龙峡。

进入景区，向前没走多远，碧绿清澈的玉龙池就呈现在我们面前。池内几艘圆形的橡皮艇任意地漂在水面上。只有一艘黄色的无人驾驶的小艇在水中随意地旋转着，小艇内驾着一个双筒的滋水枪，不停地喷射着水注，射程足够击中岸上的游人。真好玩，竟然无人驾驶，我心里这样想着，跟老铁一起沿着水池的左岸往前走。刚走了三五步，那小艇就朝我们这边开过来，枪口对准我们，两发连射。还没来得及躲避，我右半身就湿透了，好凉！

不过，虽然衣服湿了，心情却没有湿，还像来时一样兴奋。

沿着青龙峡大坝向左拐，不足 50 米向南，就来到一处攀岩壁前。

攀岩壁是一栋六层楼的东山墙。放眼望去，三个一起攀岩的人竟然都是瘦瘦的女士。而站在下面一边拿着相机拍照一边进行技术指导的，却清一色是身大力不亏的男士。先是最北面的女子领先，当我乐观的以为她会最终赢取这场攀岩的胜利时，没想到最南边那个爬在岩壁上的红衣女子又领先了。中间的选手也不示弱，用尽全身力气往上攀登。怎奈岩壁上的抓手太小，伸出岩壁外面的部分只有一个鹌鹑蛋儿的直径那样大小。攀岩者的脚与岩壁几乎成了平行线，每向上攀登一步都格外吃力。在攀到第三条白线时，几个人陆续没了力气，败下阵来。一个个像吊在丝线上的彩色蜘蛛，顺着保险绳挂了下来，直到双脚触到坚实的地面，才长长得松了口气。之后上去的两个男士也是爬到接近一半的地方败下阵来。

这时，我看见一个穿横条纹上衣下身牛仔裤的短发女子站在岩壁下，工作人员帮她带好保险绳，她就开始往上攀爬。一步一步，不疾不徐，攀得很稳。当她攀到第二条白线时，又去了一个男子，开始在她的北面攀岩。新的攀岩对手的出现好像更激发了女子的斗志。不过她并没有慌，依然稳步向上攀爬，后来的男子渐渐地离她越来越远，快要接近终点时，她停了下来，右脚点着抓手，左脚悬空，两只手甩了几下。稍事休整后继续攀爬，此时的男子刚好攀爬到中线处。按照规定，在攀岩的过程中只能休息两次，超过两次，摸到终点的红色摁钮也不算成功。男子渐渐地有些吃不消了。他又坚持着攀爬了两步就放弃了。眼看上面的她离红色的摁钮只有一步之遥了。她第二次右脚点住抓手，左脚悬空，使劲甩了几下胳膊。然后一鼓作气攀到规定地点，右手摁响了那个象征着成功的红色按钮。

“哇，成功啦！”下面的同伴高兴地欢呼起来。我们这些围观者也情不自禁地鼓起了掌。女子就像一只轻盈的蜘蛛，潇洒地轻轻一点岩壁，瞬间从高处垂挂下来。双脚落地的瞬间清脆而又兴奋地喊了一声：“耶，我成功啦！”真不简单！我心里也不禁默默地赞叹。

从攀岩壁出来顺着青龙峡大坝往南走，来到了登山处，抬头一望，那曲曲折折回环往复的台阶，陡峭中透着险峻。我生平第一次坐上缆车。缆车就像一个容纳两个人的大竹椅，四面透风，只有一个帆布顶棚遮在头顶。中间一个带脚蹬子的分割扶手。

“大竹椅”载着我越升越高，周围慢慢升起一层薄薄的青雾，就像缕缕轻烟在头顶和半山腰缓缓缭绕。我看见幽深的大峡谷曲曲弯弯，往复回环。就像一条俯卧的青龙，在谷底小睡轻眠。参差错落的两岸让我想起柳宗元《小石潭记》中“其岸势犬牙差互，不可知其源”的句子，龙头枕在何处，龙尾盘在何方，都不可知，只看到这一截龙身在这里小憩。两岸的崇山峻岭巍然屹立，寂静无声，只有林间孤寂的鸟雀，偶尔呼朋引伴地卖弄两下清脆的喉咙。古长城的残骸就像一条老态龙钟的巨蟒，迂回曲折在崇山峻岭间。残缺的烽火台、断裂的石壁以及没有石阶的古道，它们以沉默的姿态向世人昭示着曾经的战乱，远去的烽烟。这条长墙阻挡了异族的入侵，却阻挡不住历史的车轮滚滚向前！

缆车徐徐地在峡谷中穿行，山风阵阵，清凉透骨。有深秋的意味。身穿短袖 T 恤的我忍不住从身旁的纸袋里拿出长袖运动衫穿上，以解山风之寒。上升的途中时不时地邂逅右侧下行的游客，他们有的拿个单反，专心致志地拍摄谷内的美景，有的低头旁若无人地玩儿着手机，还有的穿着情侣装互相依偎着低声耳语。

就要离开青龙峡了，有点不舍得：心里还想着那块攀岩壁，还想着那条睡卧峡谷的青龙，还想着盘踞在峰巅上的古长城，还想着那些勇于挑战自己，哪怕用尽全力也要攀到顶端的勇敢的心。

玄天洞探幽

游览了风光旖旎的黄河三峡，我们乘坐索道来到它对面的凤凰山，顺着山路蜿蜒前行，绕过观音庙，夫子堂，来到玄天洞口。

进入洞内，仿佛一下子就被无边的黑暗吞没了，只有偶尔出现的灯光，忽明忽暗，隐约照亮我们前行的路，也让洞里的一切显得变幻莫测，玄妙幽深。

一路下行，时而明亮开阔，时而阴暗狭窄，时而平缓干燥，时而陡仄潮湿。宽宽窄窄，曲曲折折，明明灭灭，高高低低，不知不觉间进入一座迷宫。九曲十八弯，弯弯通向未知。惊喜不断却又扑朔迷离。进洞时我们明明成群结队，走了没多久便各自分散，彼此间仿佛突然就被这些回环往复的路径隔绝开来，前后左右唯有自己。

忽又上行，洞内的钟乳石或尖或圆，或方或扁，各具情态。义牛活灵活现，与真牛稍异；忠犬萌态可掬，让人心生欢喜。嫦娥奔月，衣袂飘扬，引人艳羡；女娲补天，裙裾翩翩，令人钦敬。月老手牵红线，笑意暖暖；慈母怀抱小儿，慈爱无限。太极池阴阳合抱，精巧生动；大瀑布飞流直下，气势冲天……

走着走着，遇到老杨，正看着面前的石头发呆，见我过来，便指着旁边的《乌鸦和狐狸》的指示牌，不解地问道：“老张，快过来看看，哪里是乌鸦，哪块石头是狐狸，我怎么看不出来呢？”我抬头一看，瞬间石化。树上的乌鸦真是形神具备，栩栩如生。嘴里正叼着那块肉，探着头往下看。下面正是那只蹲在地上的狐狸。它正仰着头，张着嘴。好像在违心地赞美，又像在等着乌鸦嘴里的肉掉下来。我用手指指上面那块手掌大小的乌鸦石，又指了指地上张着嘴的狐狸。老杨不禁感叹道：“大自然真是鬼斧神工啊！竟然这么逼真！”

又在摸索中走了一段时间，眼前忽然异乎寻常得明亮起来。身边的同事也神不知鬼不觉地多了起来。等到出了洞口，走在前面的同事已经排成了一条下山的长龙。

其实，人生就像游溶洞，需要在黑暗中不断地摸索前行。途中与谁相遇，与谁分散都不可预知。希望与失望同在，惊喜与惊慌并存。我们需要做的就是怀着一颗善良的心坚持下去，坚信历尽山重水复，总会柳暗花明！

七渡孤山行

经过两个多小时地颠簸，载着我们的大巴车于上午 9 点到达涞水七渡停车场。一下车就被一股又一股的热浪严严实实地包裹起来，汗珠子顺着毛孔肆无忌惮地渗透出来，瞬间汇聚在一起，滴滴嗒嗒淌个不停。

进入风景区的大门，向西来到一架悬索桥前。悬索桥南北两头各固定在一座精美小巧的亭子上，整个桥身则悬在离河面足足十几米高的半空中。

拾级而上，经由桥北的小亭子踏上这座由一块块木板连接而成的铁索桥。没走几步，桥就开始左右摇晃起来，有种荡秋千的感觉。且越往中间走摇晃得越厉害，以致某些胆小的游客死死抓住护栏扶手，一步都迈不出去了，只在那里不停地反复说："唉哟！晃得太厉害了，吓死我了！"南来北往的游客们一同在这个硕大的秋千上身不由己地荡来荡去。快乐的欢笑声，担心的尖叫声此起彼伏，不绝于耳。

走过这座桥，下了桥头小亭子的台阶，就看到一个牌楼，上书"孤山寨"三个苍劲有力的大字。

过了这个牌楼，沿着南去的水泥路一直向前。骑着马的小伙，打着伞的姑娘，扶老携幼的夫妻，牵手同游的情侣，陆陆续续，络绎不绝。大约走了二里路，就随着人流向东，踏上了向野人谷瀑布群进发的路。

沿着蜿蜒的山路拾级而上，隐隐约约听见淙淙的流水声，这声音虽然小却穿透了嘈杂的人声不停地敲击着耳鼓。上山的路完完全全地暴露在炽烈的炎阳之下，没有一片阴凉，也没有一丝儿的风，我看到自己的汗珠一颗紧接着一颗甚至两颗紧挨着争相坠落在地上，摔得粉身碎骨瞬间不见。

石阶时而陡，时而缓，时而又消失不见。涓涓而下的山泉水清瘦澄澈，引得游客们脱掉鞋子去里面踩水玩儿，甚至三五成群地拿着小网兜在水里仔细地捞着什么。我好奇地走上前去，“请问你们在捞什么？蝌蚪吗？”一个女子抬起头来，笑容可掬地回答我：“捞着玩儿呗，水里啥也没有。”说完，低下头去，挥舞着网兜儿继续捞。

是的，每一次网兜钻出水面都空空如也，可脸上的笑容却一次比一次灿烂。我就知道他们捞的原本就不是什么鱼虾和蝌蚪，而是开心和快乐。是一种返璞归真的，儿童才有的，简单忘我无拘无束的感觉。

沿着山路继续往上走，不多时便来到一个小巧的瀑布跟前，高度也就两三米。但那些从岩壁上俯冲下来的雪白的泉水，喷珠溅玉般美丽迷人，体形娇小的它不但没有失掉瀑布该有的气度，反而更玲珑可爱妩媚动人了。小瀑布飞身落进下面一个半圆形的小石潭，清澈的潭水漫溢出来向山下流去。

抬头仰望，一个瀑布连着一个瀑布，接力赛似的向山腰奔来。我不由得加快了登山的脚步，想看看到底有多少个大大小小的瀑布彼此携手，组成这一条源源不断的珠帘。

于是低下头，不顾汗水地侵袭，以最快的速度，信步向上攀登。走到再也没有上山的路时，出现了一个状如圆月的石潭，一路走来，这是最大的一个小石潭了。潭水清澈见底。一对情侣因为打赌，走进水里，还围着石潭游了两圈。另外一对情侣，一边观望一边劝他们快点上来，说潭水太凉了，容易感冒。果然，两个人上来后，浑身湿淋淋地，一边站在阳光下晒暖，一边不停地打喷嚏。

他们走后，我把手伸进潭水里，下意识地打了个寒战，如此炎热的盛夏，潭水竟然冰凉刺骨。不禁为刚刚下山的那对湿嗒嗒的情侣担心了。

从野人谷瀑布群下来，我又往南踏上了一线天的路。独自经历了一线天的阴暗潮湿和惊险刺激，又领略了大孤山、孤山、小孤山的精彩，还幸运地看到竖条纹蓝尾巴且闪着荧光的壁虎。

只要不停下来，坚持往上攀登，就会遇到自己从未见过的风景。

城市蓬莱古莲池

近几年大多在游览山水景观，云台山的清峻秀美，百里峡的幽静苍翠；天生桥的千丈飞瀑，白洋淀的万倾碧波……而像保定古莲池这种人文气息浓郁的园林景观我还是头一次参观。

古莲花池的莲花分布在南北两个荷塘中。一座汉白玉的圆拱石桥美丽地横卧在池塘中间，石桥名曰宛虹桥，其北侧翼然临于池上的是一座六角亭子，名为临漪亭。这亭子与别处的亭子不同之处在于，它的顶部是个圆圆的桃子形状。据传与慈禧在八国联军进犯北京城时连夜出逃有关。因为慈禧南下避难要经过保定府，当时一个担任这座亭子设计的老工匠特意把这座亭子的顶部设计成桃子状，而亭子的盖子又像极了一片大荷叶，一眼望去，就像莲叶上托着一个桃子。“莲叶托桃”与“连夜脱逃”谐音，一语双关，意在讽刺慈禧太后连夜出逃的软弱和狼狈之相。

宛虹桥和临漪亭以及伸向北岸曲折有致的石榭一起将整个北塘一分为二。桥东的荷花大多已凋谢，偌大的荷塘里只零星地点缀着待放的荷苞和两三朵即将凋谢的白莲花，更多的则是那些遗落了莲子的灰褐色莲蓬。

桥西的莲花则大不相同：粉红的、鹅黄的、淡绿的各色莲花争妍斗艳，异彩纷呈。荷叶们大多青翠欲滴，都肩并肩密密地挨着。偶有一两枝翠嫩的小莲蓬晃动着娇嫩的小身躯，好奇地向四周张望着，没有了花瓣的遮挡，它看到的俨然是个新奇的世界。最让我心动的还是金黄的荷叶下面那一尾尾调皮可爱的金鱼，它们三三两两，不停地咬啮着荷叶的边缘，圆嘟嘟的小嘴儿左一口右一口，水面上立即激起细腻的小涟漪，这一圈儿还没来得及扩散开去那一圈儿又抖动着散开。于是水面上接连出现了成百上千个凝碧的小波痕。漾啊漾的，一直漾到人的心里。

整个荷塘的四周几乎全用奇异的白石头围就，或方或圆或平或尖或无洞或多孔，或单一而卧，或众多林立，形态各异。岸边的垂柳不时抚弄着自己长长的秀发，把那婀娜多姿的影儿投入水中跟莲的影子相媲美。

站在宛虹桥的顶点向北而望，古色古香的亭台楼阁掩映在苍松古树中间，飞檐斗拱，六角凌空。回首向南，北塘的东西湖面，隔着一座藻泳楼与半月形南塘成品字形状。使整座古莲花池别有情趣，生机盎然。西有君子长生馆，东有水东楼。整座园林精致、精巧而又精美，几乎处处是景，步步生香。尤其南塘内，长有茂密的菖蒲和茨菇。亭亭出水的蒲棒就像一盏盏金色的蜡烛，在夏日的阳光下，闪着独特的光芒，且随着夏风轻轻摇曳，似在耳语，仿若沉思。

古莲池的美，集古典与现代于一身。从建成至今，几经修葺，更是美不胜收。是居于保定古城闹市中一抹清幽，一处仙境。素有“城市蓬莱”的美誉。乾隆年间清苑知县时来敏所做的一首诗，就恰到好处地写出了这处胜境的妙处：

莲漪夏滟

一泓潋滟绝尘埃，夹岸亭台倒影来。

风动红妆香细送，波摇锦缆鉴初开。

宜晴宜雨堪临赏，轻暖轻寒足溯洄。

宴罢不知游上谷，几疑城市有蓬莱。

喜欢古莲池，不仅仅是它的荷塘、垂柳、翠柏、红花，还有它的亭台楼阁，奇石水榭，以及它精美而又精巧的布局，各美其美的四季……

九月菊，我心中不变的馨香

槐花的芬芳弥漫了童年的记忆，梨花的香甜绽放在少年的梦里，而九月菊的馨香，从小到大一直飘散在我的心里。

很小的时候，就喜欢用蜡笔画菊花，先在素白本上画一个椭圆当作它的花心和花蕊，再分别在椭圆的上下左右各画上四组细细长长弯曲的花瓣，在很用心的画这些花朵之前，是没有见过这种花的，只是间接的知道它叫九月菊，是一种美丽到近乎神圣的花，所以每一次画它时，小小的心里都装满了金色的虔诚和殷切的期待。

上了初中，一次偶然的机会去好友赵敏家，眼球一下子被几盆儿美丽的菊花吸引住了。硕大的花冠，金黄的色泽，细长的花瓣足足有六七厘米长，自上而下低垂着，而且片片都弯曲着朝向花心。这么美丽的花朵不知香不香，这个疑问一跳进我的脑海，好奇心就驱使着我把鼻子凑到这金色的美丽花瓣上。啊，好香的花啊，这香气芬芳而馥郁，夹杂着丝丝清爽的甘甜，经由口鼻一直沁入心肺。这瘦长的花瓣，这馥郁的芬芳，这金色的精灵，给了诗人多少审美的愉悦，又给了诗人多少人生的感悟和思考啊。踌躇满志的黄巢借它言志：“待到秋来九月八，我花开后百花杀。冲天香阵透长安，满城尽带黄金甲。”多愁善感的易安借它抒怀“莫道不消魂，帘卷西风，人比黄花瘦”。怀才不遇的元稹由衷地感叹“不是花中偏爱菊，此花开尽更无花”。

春花娇艳，让人久久不能释怀的是兰花的清新淡雅；夏花繁盛，令人常常回味无穷的是莲花的洁身自好；秋花似锦，令我久久不能忘怀的是九月菊的凌风傲霜。也深深记得陈毅元帅对九月菊的由衷赞叹：“秋菊能傲霜，风霜重重恶。本性能耐寒，风霜其奈何！”

喜欢九月菊，源自它的美丽和神圣，源自它的柔韧和坚强；爱上九月菊，却是因为它的淡泊与宁静。你看它面对春花竞放，竟能够做到不焦不躁，泰然自若；面对夏花绚烂，亦能够做到安之若素，处变不惊；只有到了秋风正劲、秋雾正浓、秋霜正冷时才含苞怒放，把秋天染成一片金黄！在秋风萧瑟百花凋零的背景中，九月菊就像一团团金色的火焰，燃烧在白雾茫茫的清晨，燃烧在微透暖意的正午，也燃烧在夕阳西下的黄昏。在孤零者、漂泊者寒冷的内心点燃丛丛簇簇的温暖。不因春兰正当春而艳羡，也不因夏荷别样红而失衡，更不因腊梅斗冰雪而自卑。她只是立足脚下的土地，谦逊而羞涩地低垂着自己美丽到极致的头，不炫耀，不招摇，不卑不亢地度着岁月，默默无闻地散着馨香。淡泊宁静，无欲无求。

白云苍狗，沧海桑田，无论世事如何变迁，九月菊，始终是我心中不变的馨香。

老“年味儿”·新“年味儿”

“小孩儿小孩儿你别馋，过了腊八就是年。”腊八拉开过年的大幕后，年味儿就渐渐地浓起来了，尤其是把小年儿二十三一过，忙碌的节奏直接进入风风火火的状态。

女人们背着自家地里产出的大黄豆，去豆腐坊排队等着磨豆腐；男人们则赶着养了一年的黑猪去村里唯一的屠宰点杀年猪。好奇的小孩子也紧随其后，等着索要自家大黑猪的尿泡，洗干净了吹起来当气球玩耍。

接下来的几日，大人们是一日比一日忙。家庭主妇们摊耨耨儿，蒸馒头（花糕），蒸年糕，炸豆腐泡儿……一口大铁锅，整日腾腾地冒着热气。一家之主们用滚烫的沥青烫猪头，用烧红的火杵卸猪蹄儿，灌团粉肠，煨肉炖鱼，写春联，贴春联……为了迎接春节的到来，男男女女各司其职，忙得不亦乐乎！那些搭不上手的小孩们整天嘻嘻哈哈地疯癫乱跑，就地取材，开心地玩着各种游戏：摔元宝，拍洋火匣儿，抽陀螺，玩儿摔炮，放嘀嘀筋儿。胆子大的还时不时放个钻天猴或二踢脚。钻天猴“呲儿”的一声就钻进冒天云儿里不知去向。那二踢脚呢，“叮——”

的一声飞上天空，又“当——”的一声爆裂开，这才肯老老实实躺回地面。有时还会提个红灯笼走街串巷地唱着《小老鼠上灯台》或《笑话笑话一大掐》的童谣……

每到这时候，古朴的小村庄，仿佛突然就陷入一片热闹欢乐的海洋里，你放几个炮，他拉一挂鞭，到处洋溢着过年的气氛。人们脸上含着笑，眼里盛着憧憬，欢欣鼓舞地准备着，仿佛有使不完的劲儿。直到吃完大年三十儿的饺子，忙碌的日子才算告一段落。

初一早上，“噼里啪啦”一阵鞭炮响过，吃完热腾腾的饺子，走街串巷拜完大年。从初二就开始享受几天悠闲幸福的时光：高跷会，狮子会，小车会，有时还有耍把式卖艺的过来，把个亮闪闪的钢叉舞得虎虎生风，哗啦作响。有时村里还会请戏班子过来唱河北梆子《辕门斩子》或京戏《苏三起解》。戏台下坐满了人，唱到精彩处，掌声雷动，喝彩声不绝于耳。兴之所至，离戏台很近的土财主还会往台上扔硬币和钞票，一边扔一边大声喊着“有赏——”。于是演员们唱得越发起劲儿了。

老“年味儿”，就是这么浓烈香醇，一旦习惯了，便会产生依赖感，历久弥香，就像记忆的丝线上那串闪闪发光的珍珠。无论过去多少年，依然清晰如昨，格外耀眼。

新“年味儿”素淡安静，有点不动声色。让原本喜庆热闹的大年，只两三天便平静无波地流过。

先是脚步轻快又匆忙的腊八，在人们不经意间飞逝而过。回过神来时，只能看到它一个模糊的背影。于是摇着头轻叹一声：过去就过去吧，明年记得过就好。没想到被称为小年儿的腊月二十三，走起路来比猫儿还要轻盈，都过去好几天了才忽然想起来，不禁生出点遗憾来，因为没能在当天吃上糖瓜儿和苏干糖。前些年风风火火忙碌的准备过程被简化成打春前的扫房子，三十丰盛的午餐，或者饭店里一顿色香味俱全的年夜饭。俗语“初一的饺子初二的面，初三的合子对半转”。已经不应景儿了。

新“年味儿”就是如此，大部分时间都是不动声色的。说是过年吧，气氛跟平日差不多；说不过年吧，却有平时没有的鞭炮和烟花，大红的春联透着春节特有的喜庆。只不过准备的时间比以前大大缩短了。在这个物质日益丰富专业化越来越强的时代，早已不需要提前储存那么多食物了。因为好多大型的商场、超市过年都不放假，想买什么随便买去；只有不想买的，没有买不到的！

如果说老“年味儿”是一坛陈年老酒，搁得越久，味道越醇厚，让人欲罢不能；那么新“年味儿”就是一瓶清爽甘甜的果汁饮料，喝得越及时就越清凉可口，不宜久放。

年味儿或老或新，或浓或淡，都值得我们品味和体验。至于是否珍藏和怀恋，就看自己有无兴趣喜不喜欢了。

找寻童年的冰上记忆

心血来潮，在一个晴朗的午后，驱车来到三贤广场东南面的明德湖。昔日清澈透明的湖水已结成厚厚的冰，冰上，一个中年大叔骑着一辆崭新的小蓝车缓缓行驶。还有一对父子，孩子蹲在冰上找寻着什么，父亲站在那里陪着。这寥寥几个人，让整个湖面显得空旷又冷清。远不像儿时冰上戏耍时那么热闹。

那时，不但孩子喜欢在冰上玩耍，有些大人也喜欢。坐在自己制作的简易冰凉船子上滑冰，双手使劲一戳带着钉子的方子木，冰凉船子便带着人一起滑向远方。有的坐在上面，由两个伙伴拉着向前滑，或者轮换着彼此推拉。滑冰的人们往来穿梭，人声鼎沸。有的地方钉子尖儿戳起的小冰屑四散飞溅，就像晶莹碧绿的冰面开出的小小花朵。

摔元宝的孩子们，个个使出浑身力气，恨不得把所有躺在冰上的元宝，都掀翻过来，好装进自己的衣兜里。直到摔得额头冒汗为止；抽陀螺的，人人手里拿一个小皮鞭儿，抡圆了小胳膊，一下接一下地抽打着旋转的陀螺，直到累得再也没有力气扬鞭方肯罢休。打“呲哩哩”的，你拥我挤着排好队，依次在共同开辟出来的窄长滑道上往前滑行。张开的双臂就像滑翔中鸟的翅膀，舒展灵动，恰到好处地保持了身体的平衡。

无论大人和孩子，都在冰上玩得不亦乐乎，一派热闹景象。偶尔，冰上还会有马车通过。每每这时，赶车的人都会高高地扬起右臂，手腕儿用力一抖，把个鞭子甩得“噼啪”作响。清脆嘹亮的声音响彻头顶，仿佛在鼎沸的人声之上爆开了一朵烟花。

鞭声响起，人声寂静。连空气仿佛都屏住了呼吸。鞭声远去，人声又起，使刚刚寒冷寂静下来的空气又热气腾腾起来，让这个寒冷的下午充满融融的暖意。

“看我这个冰凉船子做得怎样，结实不结实？”一个自豪的声音把我从回忆中拉回现实，这是一位中年大叔，他正指着身旁自制的冰凉船子，向身边的老者炫耀。老者点头称赞。站在边上，举目四望，偌大的冰面上只有稀稀拉拉三个人，中年大叔在冰上，骑着一辆崭新的小蓝车，缓慢却无比平稳地骑向远处的冰面。湖中心的位置，还有一对父子。父亲是一个二十多岁的年轻人，他静静地看着自己的孩子，而孩子却蹲下来，在冰上寻找着什么，是冰下的小鱼还是别的，并不清楚。

再看那位中年大叔，已经从远处骑回来了。在没人围观，没人鼓掌的情况下，他在冰上骑了一圈又一圈，自得其乐。与冰的亲密接触，也许正是他找寻童年冰上记忆的最好方式。在几十年前，还是个孩子的他，也许就经常在冰上骑行，或者由他家到学校，要经过这样一条河，每年数九寒天的时段，他都是这样小心翼翼骑着自己心爱的自行车去上学的。崭新的小蓝车驮着他，在冰湖上绕了一圈又一圈，银白的瓦圈在阳光地照射下发出耀眼的光芒。

岸边的那个冰凉船子，安安静静地待在冰上，不声不响，不言不语，与对岸静默的芦苇相呼应。像在思考，又像在回忆……

太阳西斜，寒风凛冽，举着手机拍照的手被冻得直发抖。中年大叔骑行的身影，再一次远去，固执地找寻着童年的冰上记忆，与这湖天然的冰面一同拥抱这无边的寂静。就像此刻的我，虽然冻得手指有些僵硬，还是执拗地举着手机为这片冰湖拍照，为找寻童年冰上记忆的大叔拍照，也在心灵深处为自己的冰上记忆拍照……

灰菜里的记忆

小时候，并不知道有种野菜叫灰菜，而且吃起来味道还那么鲜美。直到那天傍晚——

那天傍晚，夕阳把大地染成一片绚丽的金黄。班主任刘文平老师，把我带回她的家，拿出两个小马扎，一个给我，另一个给她自己。然后从屋里掐出一捆野菜。野菜的叶子正面翠绿欲滴，而背面却蒙着一层淡淡的灰色。刘老师告诉我这种野菜叫灰菜，要我跟她一起把它们的老叶子摘掉，根也揪掉。我们师生二人说说笑笑，一会就把这捆灰菜择好了。刘老师笑着问我，有没有吃过这种野菜。我说没有，她说等会她烫熟，用花椒油拌好了就让我尝尝。

心灵手巧的刘老师把摘好的灰菜冲洗干净，放进开水里烫熟，再沥干水分，又耗些花椒油，敲些蒜蓉放进去。然后是酱油和醋，好像还放了少许的白糖，用筷子搅拌均匀后就盛了一小盘出来，连同一双筷子放在早已放好的方桌上，还把一张薄薄脆脆的棒子面饼递给我，笑着让我吃。眼神里盈满浓浓的爱，就像母亲柔软的目光。

我掰下一块来，夹了一些灰菜放在上面，开始品尝。那是我平生第一次吃灰菜，灰菜特有的鲜香、棒子面饼的脆香、蒜蓉和花椒油别样的香，再加上糖的甜、醋的酸、盐的咸，混在一起，那味道真是鲜美无比。不一会儿，那块棒子面饼就被我吃完了。刘老师就又掰下一块给我，我不好意思地站起来说该回家吃饭去了，要不爸妈在家里该等得着急了。说完就退出来回家了。在那些缺吃少穿的年月里，能吃到棒子面饼已经很不容易了。平时都是吃白薯干和高粱面饼。青虚虚的白薯干饼很容易吃腻，不喜欢它的那种甜；红艳艳的高粱面饼虽然看上去很漂亮却极难吃，而且容易导致便秘。白面饼只有逢年过节才能吃得上。对我而言，在刘老师家吃的那块棒子面饼和那些鲜香的凉拌灰菜，在那些吃不饱的岁月里成了无上的美味。也是从那一刻起，我才知道，世界上竟然还有这样一种令人回味无穷的美味野菜，它比起我家常吃的凉拌柳树芽和杨树叶来好吃多了。因为杨柳的嫩叶凉拌后，吃起来有些苦。

后来，刘老师调离了我读书的小学校。我和她之间再也没有过任何联系。从那以后，每一个春天，我一看到路边那蓬勃的灰菜，就会想起她那慈祥可亲的面庞……

随着灭草剂的大面积使用，田边的灰菜还没来得及长大，就会枯死。好多年都没能吃上过了。忽然有一天，大姐给我打电话，说自己从一片白地里发现了很多灰菜，而且是那种叶子细细长长的灰菜。据说这种灰菜比那种叶子宽大且背面红色的灰菜味道更鲜美，且吃了脸上不会过敏浮肿。从大姐兴奋的声音里可以想见，她在说这些话时有多惊喜。她说已经割回来很多，在大铁锅里烫，要我放学后过去拿。我一听，“腾——”地站起来，仿佛椅子上安装了弹簧。竟有这等美事，真是“踏破铁鞋无觅处，得来全不费工夫”。我赶紧一边答应着，一边贪婪地叮嘱大姐有空时再去割一些回来。

长姐如母，真是一点不假，大姐无论有什么好吃的，都会想到我这个妹妹。知道我一直心心念念地想吃灰菜，就把这当成一件重要的事情装在心里。这不一旦有机会弄回来，第一时间就告诉了我。怕我嫌摘、洗、烫麻烦，自己就把这些准备的工作都做足了。而我，拿回来就可以切好凉拌直接享用了。除了这让我恋恋不忘的灰菜，大姐每年都会把自己亲手洗好做熟的肥肠或腊肠，慷慨地分给我一些，从来没有忘记过！有个大姐真幸福！

如今，又是一年一度春风劲，高铁下面的白地里，又长满了青翠欲滴的灰菜，它们迎着春风翩翩起舞，给我带来蓬勃的惊喜。让我想起不知调往何处的班主任刘老师，想起她那亲切慈爱的笑容；也让我想起勤劳善良的大姐，想起她那颗总是为我着想的热忱的心。

这些摇曳在路旁嫩绿的灰菜，已不仅仅是一道美味的野菜，它还承载着我心灵深处更多的回忆，既碧绿了我和刘老师之间的师生情，又丰满了我和大姐之间的姐妹情。让我在感恩的状态中过好自己的后半生。

秋夜的歌者

潮湿而燥热难耐的夏夜，群情激奋的歌者永远是青蛙。它们彼此鼓励彼此竞争，只要有一只青蛙领头，满池塘的青蛙都会不遗余力地高歌不止。声音高亢嘹亮，整齐划一，就像在举行一场规模宏大的集体大合唱，抑扬顿挫，此起彼伏；又像是两个方阵在对歌。每次经过那个池塘，听到这一片蛙声，我都不由得沉浸在无限美好的遐想里。这些高音和中低音歌唱家们，一定也从中感受到了无与伦比的快乐和幸福吧，要不怎么这么心无旁骛，不累到需要休息就绝不肯住声呢。

夏夜随着牛郎织女的鹊桥会，依依不舍洒泪而别后渐行渐远的背影，终于潇洒地转身离去了。清凉的秋夜迈着不疾不徐的步子，摇曳着几许清愁几许婉约翩然而至。白昼的喧嚣被淹没在夜晚的宁静中。设若只有宁静只有清凉，一个人独坐小小的院落，无言地看着闪烁的夜空，沐浴着如水的月华。裸露的肌肤浸泡在清秋的凉意中，在被宁静淹没的同时多半也会被寂寞包围吧，幸亏还有一两只蟋蟀在不起眼的角落唱着缠绵的情歌。衬托得秋夜更加静谧和温情。躺在柔软而舒适的被窝里，关着灯仰卧在床上，呆呆地看着那皎洁的月光，轻悄悄地穿过明净的玻璃窗，柔柔地洒遍室内目之所及的地方，润泽而光洁，清凉而明亮。在这银色的月光下，极度放松的心灵随着月光翩翩起舞，蟋蟀的歌唱无疑是在锦上添花。

入秋以来，我曾经好几个夜晚，躺在温暖而舒适的被窝里，竖起耳朵，全神贯注地倾听窗外两只蟋蟀地吟唱。极力辨别猜想它们歌唱的内容："呿，呿呿"这三声不像是在唱歌，倒像是在试探性地打招呼："喂，你好"，两秒钟过后，我听到了另外的一种音色。但同样只有三声。节奏也是哒，哒哒。好像是在积极地回应刚才的问候。然后就是响亮的"呿呿呿呿呿"，一秒钟后又听到了略显低沉的"呿呿呿呿呿"。我开始有些疑惑了，这是相约一起唱歌，还是已经开始唱了？揣摩数秒钟后觉得理解成"唱个歌好吗"更合理一些，接下来就听到了更多的"呿呿"声。我小心翼翼地辨别着它们唱得是几言的歌词。一边听一边认真得数着数量。不错，是单数。而且每句和每句的字数大致都一样。唱了一段时间后，节奏才会稍有改变。由七言的变成九言的，这样数着算着很快就进入了梦乡。天啊，蟋蟀的叫声原来有催眠的作用。比数羊还有效呢。

凌晨五点来钟的时候，我居然提前醒了。结果窗外的蟋蟀还在"呿呿。呿呿呿呿呿呿呿"地唱着。没有丝毫疲倦的意思。只是这时的呿呿声比夜晚的更加丰富多彩了。夜晚它们最多只能唱到十一下，而凌晨居然能唱到十九下。而且只有听到麻雀"喳"的一声划破夜空，迎来黎明的时刻才戛然而止，真是愈挫愈奋，越战越勇了。让我不得不对这小而亮，黑而丑的小东西刮目相看了。在这寂静的秋夜，它能具备在没有掌声的鼓励和听众的参与下，不唱尽黑夜绝不罢休的恒心和毅力，让我万分的赞赏和钦佩。

假如我是一只蟋蟀，也会成为这秋夜里不折不扣的歌者吗？

浓浓的年味儿

现在过年，比起小时候简洁省事多了，馒头和年糕不用自己一锅一锅地蒸，饼不用一张一张地烙，对联也不用买了红纸和墨水，一副一副地写了。日渐远去的忙碌让浓浓的年味儿开始变淡，开始值得回味和怀念了。

对于我们这些七零后来说，浓浓的年味儿既蕴含在年前那忙碌的欢愉之中，也蕴含在年后那安闲的享受之中。

年前忙着把养得膘肥体壮的大黑猪赶到杀猪人的家里，大卸八块后该卖的卖掉。煨肉时那特有的香味飘得满街都是，引得我们这些小孩子垂涎三尺。煨肉的大铁锅热气腾腾，香气四溢。这大铁锅煨猪肉、蒸馒头、蒸年糕、煮饺子，总是一刻不停热气腾腾地忙碌着。这期间，父亲总是拿着那支宝贵的毛笔，一丝不苟地为乡亲们写着春联。

年三十儿下午，包饺子的时候，会有一个钢镚儿作为幸福的使者被包进饺子里，诱惑着我们狼吞虎咽地进行吃饺子比赛。可结果总是戏剧般地出人意料：最想吃到钢镚儿的我们姐弟仨总也吃不到，不想吃到的哥哥偏偏吃到。吃到就吃到呗，还卖乖似的说：“谁想吃到它呀，又咯牙又不卫生！”

大年初一，只要一家的鞭炮声开个头，整个村庄就会立刻陷进鞭炮声的海洋里。清脆密集的“噼里啪啦”声，透着一种辞旧迎新的迫切和喜悦。

吃过饺子，大人们摸着黑走街串巷忙着拜年，小孩子则穿着盼了一年的新衣服，怀里揣着盼了一年的压岁钱，打着盼了一年的红灯笼走家串户，还忙着拣那些花花绿绿的炮皮儿里隐藏着的漏网之鱼——小炮小鞭，它们总是被我们翻捡无数遍才能得到安宁。

拜完年后，人们开始享受安闲自在的生活：走亲访友、一块打牌、荡秋千、踩高跷，整个村庄都笼罩在一片欢乐祥和的气氛中。

一想起这些，心里溢满浓浓幸福的同时也充满幽幽的失落。钱袋越来越鼓，内心却越来越空。这不禁让我更加怀念小时候那浓浓的年味儿了。

读书与上网

在没有学会上网之前，我一直沉浸在书香的世界里，曾有几个小学同事称我为“出土文物”。女儿更是叫我“书呆子”。

因读书结识报刊亭女主人海燕儿

高中时，学校每半个月放假一次，当同学们乐呵呵地回家去时，我却乐呵呵地去县图书馆借书看，还做了厚厚的几大本读书笔记。幽默诙谐的《契诃夫手记》，历史知识丰富的《上下五千年》，以及张洁的《爱，是不能忘记的》，还有各种知识类的报刊杂志：《知识窗》《飞碟探索》等都是那个时期喜欢看的。

后来又去报刊亭里蹭书看，因此结识了报刊亭的女主人海燕儿。现在想来，那些蹭书看的日子是那么柔和惬意！经常是我和海燕儿一同坐在小屋里，我边聊天、边翻看散发着油墨清香的最新杂志，海燕儿则为我编织毛线围脖儿，气氛融洽而又温馨。那些被友谊和温暖浸润的岁月，那些被书香和哲思点亮的时光，永远值得我怀念和向往。

在小学教书的那几年，正赶上我参加自学考试，一个人抱着《外国文学》《文学概论》等大部头的书，钻在办公室里一啃就是好几个小时；而同事们也许正演绎着赵丽蓉和巩汉林的小品，或者重新给《米老鼠和唐老鸭》配着音。当我偶尔走出办公室，沐浴在阳光下，不期然地出现在她们的视野里，小李子就操着她特有的诙谐而又爆发力十足的口音开始播报："看，千年的'出土文物'终于在这一刻，闪亮——登场——了，大家鼓掌欢迎！"现在想来，那些苦读的日子虽然艰辛，却令我怀念。

读书使人沉静到可梳理生活中的得失

2003年买了电脑联网后，那些与书相伴的日子就离我渐行渐远了。先是在网上不小心闯进了红袖添香网站，开始在里面保存自己的文字，且沉溺其中，不能自拔。后来进了中国原创音乐基地又开始聊天、写歌，那颗喜爱读书的心渐渐发生了变化，变得越来越害怕孤单、害怕冷清。在网海里闲逛时就像一个懒汉在大街上游逛一样，没有目标和思想。于是开始怀念那些有书相伴的时光，还有那一季又一季浓淡相宜的书香。每有机会路过报刊亭，都会张望一阵，失落一阵又怅惘一阵，然后摇摇头默默离开。是没有钱买吗，不是；是有人不让买吗，也不是；是再也没有那份买书的心情。而且内心深处总会有一个声音跳出来告诫自己：网上什么样的文章没有？只要想看可以随便看。可一打开电脑那种读书的心情却杳无踪迹。有个声音跳出来，开始劝慰自己：不看就不看吧，这世上有好多人都很少看书的，不也活得好好的？于是又把自己放任成在街上闲逛的懒汉！

一天下午突然来了买书的兴致，站在报刊亭外面的小木凳上，比对着《感悟》和《读者》看哪一本更值得买些。忽然，被《感悟》的封面吸引住了：封面的底色类似牛皮纸，厚重而古朴；主体部分是一大簇插在青瓷花瓶里的华丽的牡丹，粉白的纯洁淡雅，鲜红的华贵富丽；背景是明丽的橙黄色；封面上那些小六号的题目小巧而美观，《那些安分守己的忧伤》《花，不曾开过》《智慧是任何人抢不走的财富》……这些或诗意或哲理的题目一下子抓住了我的心。好了，就是它了。生活几乎是每个人都要经历的，但并不是每个人都能从中感悟些什么，而且越是忙碌的人生就越是缺乏感悟的机缘。

回到家一口气把自己感兴趣的文章读完，冥想片刻后，突然找到了上网和读书最显著的区别；上网使人越来越浮躁，浮躁到很难静下心来，盘点一下自己即将过去或已经逝去的生活。读书使人越来越沉静，沉静到可以细细梳理自己牛活中的得与失，以及得失的背后隐藏着的东西。网络的热闹与喧嚣掩藏着多少空虚落寞的心灵；而书香的沉静与悠远又涵养了几多娴雅智慧的人生！

思乡的月亮

月是故乡明，人是故乡亲。他乡再富有，叶落总归根。

——题记

初秋的脚步刚踩着蟋蟀的琴声依依不舍地转过身，中秋的月色便将美丽的薄纱缓缓抖动着优雅地散开。大地上的一切都沐浴在这轻轻流淌着的月色里……

墙角里的蟋蟀们借着夜的帷幕弹唱着动听的歌谣，婆娑的树影在夜风地抚弄下显得格外幽静和轻柔。因为是朗月，只有稀少的几颗星眨着新奇的眼睛，俯瞰着大地上的这一切。

思乡的游子望着尚未圆满的皓月，任似箭的归心绵延成丝丝缕缕长长的银线，借着水样的月华缠缠绵绵地漂漾，一直漂到亲人的身旁。甜甜圆圆的月饼辗转在不同的手中，开始一段奇异的旅程，被吃掉的几率越来越小了，它的承载里依然包含浓浓的思乡之情，就像天上那轮皎洁的月亮一样。故乡上空的那一轮永远是最美最亮最值得观赏的。尽管他乡的月亮并不逊色半分。

“天上一个月亮，水里一个月亮，天上的月亮在水里，水里的月亮在天上。看月亮，思故乡，一个在水里，一个在天上。”中秋的月亮到底是思乡的。因为思乡才会变得清辉遍洒银光遍地。让李太白举杯相邀，让刘半农低头吟唱，让达官落泪，让百姓牵肠。

后记：又是中秋月圆时，故乡他乡两心知。白发爹娘翘首盼，青丝儿女恨归迟。秋虫吟，金风起，青雾茫茫阻归期。但使肋下生双翅，何需月下泪沾衣？

明亮的感动清灵的心

每到教师节，我心中那种明亮的感动都会格外强烈，为里面承载着的学生们那句句真切的问候和颗颗清灵的心。

——题记

飞舞的贺卡

“妈妈，明天就要教师节了，我挑了一张漂亮的贺卡，送给我们老师，你给我写上几句话好吗？”

“为什么不自己写？”我问。“我的字太难看了，只有漂亮的字配上漂亮的贺卡，才能配得上我们漂亮的老师呀！”三年级的小女儿一板一眼地对我说。“不用，只要你把字写规整，即使不漂亮，老师也会很开心的。”我答。

小女儿开始精心设计她的贺卡了，看着她那一丝不苟的认真劲儿，我不由得想起了三年前的一幕。

教师节那天，我收到了十几张由学生自己亲手制作的贺卡，各具创意：微笑的安琪儿；绽放的小野花；美丽的七仙女；神奇的七色花等。其中温月做的那张极为精美且富立体感：镂空的花边，阳光的笑脸，飞舞的蜂蝶，真诚的祝语。让我的心里充满了幸福的暖流。“这张贺卡花了你多长时间？”我感动地问道。她笑着回答，“不长，也就用了半天的时间，四五个小时吧。”这轻描淡写的回答更让我心绪难平。四五个小时的精心制作过程中包含了多少虔诚的情愫和真诚的祝福啊。

这十几张创意别致的贺卡一直珍藏在我记忆的抽屉里，每每想起，心中都会涌起一种莫大的感动，它们就像十几只飞舞的彩蝶，缤纷着我美丽的梦。

诚挚的祝福

这是前年我最难忘的一天中最难忘的一个瞬间。

“起立！老师，您辛苦了，祝您节日快乐。”震耳欲聋的齐声呐喊和排山倒海般的热烈掌声吓了我一跳，我一下子呆立在讲台上，不知所措。“老师，快看黑板。”我慢慢转过身，“天哪，这是谁画的，这么漂亮？！”

“老师，是一百班全体同学画的。”背对着孩子们，看着黑板上那颗无比硕大的鲜红的心，还有那真诚的问候和深情的祝福，泪水夺眶而出。沉默了片刻，我拭去泪水，再次慢慢地转过身，对着他们深深鞠了一躬，“谢——谢，谢谢——！”我感到一种叫幸福的东西强烈地撞击着我的心扉。不争气的泪水又一次溢满了眼眶，面对这明亮亮的感动里承载着的那真纯纯的爱和清灵灵的心，就是把毕生的爱全部奉献给他们都是值得的呀！

羞涩的表达

去年的教师节过后，我在学生的日记本里看到了这样一段话：

敬爱的老师：

您好！

今年的教师节我没能送礼物给您，因为我认为我自己不配，我怕您会拒绝我，看着同学们都给您送贺卡送祝福，和您坐在一起聊天我羡慕极了，我多想坐在您身边。哪怕不说一句话，就那么静静地坐上几分钟，对我来说，都是一种莫大的幸福。可是我不敢，我作文不好，成绩不好，长得也不好，我有什么资格跟您高谈阔论呢？我不是不想去送上我的一片心意，而是不敢啊！老师，您能原谅我吗。

请接受我这份迟到的祝福吧。

祝您节日快乐，天天快乐。

一个渴望与您成为朋友的学生

我极力想知道这个学生是谁，翻找半天不见名字。我的心里有种酸涩的东西在涌动。我噙着泪提笔写道：

尊敬的朋友：

你好！

尽管我不知道你的名字，但我愿意接受你真诚的祝福；愿意和你成为好朋友；愿意和你手牵手共同进步。你的羞涩让我惭愧，惭愧自己没能一视同仁地对你们，让你产生了一种被忽略的自卑感。在此，我郑重地向你道歉：对不起，以后我一定以朋友的身份和你相处，重视你的感受。

能把你的名字告诉我吗？期待着我们的相聚。

愿我们成为无话不谈的好朋友。愿我们的友谊地久天长！

你永远的朋友　张冬娈

后记：我珍视所有形式的祝福。因为我珍视学生们那颗颗真诚透亮的心灵，珍视自己那明亮亮的感动，珍视师生间那份质朴无瑕的真情。这些都是我生命中的无价之宝。

多情的秋天

火红的叶子，在秋风的怀抱里，笑着笑着就跟着秋风的舞步飘向空中。舞姿翩翩——

多情的枝条，睁着那双失落却故作镇静的眼睛，将五彩缤纷的柔情，丝丝缕缕包绕在叶子身边，就像一枚绵绵软软却又酸酸甜甜的渴盼，用自己重重叠叠的缱绻，轻轻诉说着自己绵延无边的眷恋。

雁阵惊寒，在北方的天空中变换着不同的字体，头也不回地向着遥远而温暖的南方飞去。当它们落脚在南方暖冬的怀抱，还会不会想起北方的河岸北方的天？

哦，绚丽的秋天。菊花仰起金黄的脸，枫叶舞动鲜红的衣衫。银杏顶着一头金光闪闪的短发，一不小心，就陷入一场美丽的梦幻……

哦，静寂的秋天。蟋蟀弹拨着动听的琴弦，吟唱一场动人的浪漫。她要把自己最真的爱恋，唱给自己的心上人，给这静寂的秋夜，涂上一抹亮晶晶的宝石蓝。

哦，多情的秋天。朴实无华的小麻雀，丝毫不惧将要到来的凛冽的冬天，痴痴固守着北方这片枯瘦的家园。从不见异思迁，跟喜鹊们一起，丰富着这个多情的秋季，也将生动着即将来临的白雪皑皑的冬天。

多情的女子，镶嵌在秋天这幅美丽绝伦的画里，裙袂飘飘，浅笑盈盈。千般妩媚，万种风情。作为秋天最亮丽的音符，成为秋天里一首最多情的旋律。

乘着快车的雪孩子

雪，脚步轻轻，生怕惊扰了人们的美梦。哪怕是一团团一队队簇拥着落向楼顶、枝头和地面，也绝不弄出半点声响！但是我的心上长着眼睛和耳朵啊。这眼睛就像红绿灯的电子眼，这耳朵就像电视机的天线。它们静静地注视着天空也倾听着天空。我先是听到隐隐的风声由远及近萧萧而来。这萧萧的风就是雪孩子们乘坐的快车么？它们从遥远的空中飘然而来。

我看到车上的雪孩子们兴奋而又好奇地扭动着洁白无瑕的身子，或手舞足蹈，或探头探脑，或窃窃私语，或偷偷说笑。快车载着它们在空中优雅地打着旋儿，让它们原本快乐的心情更加快乐。

接近地面的时候，雪孩子们仿佛被五光十色的霓虹灯吸引住了，它们有的在灯光里依依不舍地缓缓飘落，有的干脆就牢牢地粘着灯座不肯撒手，还有的紧紧抓着灯罩不忍下来，可惜还没等它们弄清楚是怎么回事，就已经不幸液化蒸发了，微弱的叹息声甚至都没能引起同伴们的注意。唉，这些调皮的雪孩子啊！哪里知道这色彩斑斓的灯光里竟然隐藏着危险呢？

第一批雪孩子就这样从遥远的天上，来到陌生的楼顶、枝头、田间和地面，而它们乘坐的快车也在一瞬间消失不见了。第二批、第三批……更多批乘着快车的雪孩子们，也好奇着簇拥着、说笑着来到地上。它们蹑手蹑脚地爬满了楼顶、屋顶、车顶以及山石草木能够驻足的地方，轻声说笑。玩耍得累了就静静得进入梦乡，只等朝阳来把它们唤醒。

当晨曦来临，金灿灿的阳光暖暖地照在这洁白无瑕的雪地上。雪孩子们第一次见到这么灿烂这么明媚的阳光，兴奋得心跳都加速了。它们有的在阴影里静静地思考，也有的在孩子们的手心里傻傻地笑，还有的就在阳光温柔地抚摸中化成了一滴水，闪耀着七彩光芒……

散步的花喜鹊

吃过午饭，想和好友打会儿乒乓球，于是向南楼的乒乓球室走去。

此时的校园静寂无声，阳光慵懒，清风拂面。整洁的院落里除了行走的我们，还有位不速之客：一只散步的花喜鹊。它悠闲地迈动双腿，一会儿向左转，慢走几步，再折回去继续走；一会儿又向右转，慢走几步，又折回去走。脚步时而坚定时而迟疑，滴溜圆的小眼睛东瞅瞅西望望，偶尔还定在那里一动不动，既像在仔细观瞧，又像在认真思考。那副旁若无人的悠闲与淡定瞬间感染了我俩。好友还学着它的样子前走几步，后走几步，左走几步，右走几步，边学边赞叹这只喜鹊胆子好大，竟然不怕我们。我笑着回应她："那是因为它感觉到我们的友善，才不会防范我们。"

这只散步的花喜鹊看上去有些清瘦，它让我想起冬日偶尔在麦田里看到的喜鹊，那时的它们看上去圆滚滚的，很是肥硕。羽毛也更顺滑更有光泽。只是它们都很怕人，一见有人在路上过，远远地就扇动翅膀，飞落到更远的地方，变成一个模糊的小黑点儿。时刻处于警惕状态的它们，哪里像眼前这只花喜鹊这般淡定自若，悠闲洒脱？

为了不打扰它的散步，我拿出手机，迅速给它拍了几张照片后，就跟好友上楼去。一边往楼上走，好友一边像突然记起什么似的说道："我想起来了，我以前见过这只喜鹊，说起来它也算是咱们学校的常住居民了。所以它今天看见咱们俩才会如此淡定吧。"

"可是，我今天才第一次看见它呀！"

"第一次还是第 N 次并不重要，重要的是它比以前胆子大多了！面对咱们俩竟然旁若无人。以前走近一点，它就跑开或者飞到树尖儿上去。"

其实，我更愿意相信，花喜鹊的淡定来自它对我们的信任。正是信任，让它有了足够的安全感。人与动物之间，只要能够友善相待，彼此信任，就一定会和谐相处。

榆钱的回忆

又是一年东风劲，杨柳竞秀花争春。桃李无言情难尽，总把榆钱当故人。那层层叠叠翠绿的榆钱中，仿佛每一朵都镶嵌着已故多年的邻家奶奶那慈祥的笑容……

那时，胡同里长着两排碗口粗的老榆树，每到春天榆钱缀满枝头的时节，邻家奶奶都会带着我去采摘鲜嫩翠绿的榆钱。她举着个细细长长的竹竿，在细的一头夹上一根两寸长的小木棍儿，伸到枝杈间，夹住缀满榆钱的枝条，只需使劲一拧一拽，一大枝翠绿的榆钱就到了我跟前。然后又去搅动那缀得更多的榆钱。等到榆钱足够多时，便收起竹竿，蹲下来，跟我一起把枝上的榆钱捋下来，放进柳条筐里。到家后摘洗干净，或炒或摊，做成让人垂涎的榆钱美食。嫩嫩的榆钱直接下锅翻炒，就是道鲜美的菜肴；如果掺上点玉米面儿，撒上细盐，摊成坨子，就变成解馋又解饿的主食了。

等到榆钱由绿变黄漫天飞舞的时候，邻家奶奶又会带着我在胡同里收获那些金黄的榆钱种子了。一老一少分工合作，默契配合。我用笤帚在前面扫，她拿着簸箕在后面收。等收满一大笸箩时，我们俩就用手在里面反反复复来回搓揉，直到把榆钱上金黄的翅膀全部搓掉，只剩下中间那一粒粒扁圆而小巧的榆钱籽。这时邻家奶奶再把那些榆钱籽和搓掉的小翅膀放在簸箕里颠簸。一边颠簸一边把里面的土坷垃和小石子拣出去。那些薄如蝉翼的小翅膀就在有节奏的颠簸中左右摇摆，上下翻飞，争先恐后地飞出簸箕。簸干净后邻家奶奶会用干净而潮湿的搌布把榆钱籽擦一遍，撒上少许玉米面儿，适量盐，搅拌均匀，放在大铁锅里干煸，等到大铁锅里传来清脆的"噼啪"声时一转炊帚，煸好的榆钱籽便出锅了。吃到嘴里，香香脆脆，满口生津，现在想来都忍不住垂涎呢。

邻家奶奶不但极有耐心给我做这些榆钱的美味，而且对我层出不穷的怪问题，也总是耐心地解答。仿佛从来没有厌烦过。所以这个斜对门住着的邻家奶奶虽不是亲人，在我的心里却胜似亲人。

上小学后，我家搬离了那个胡同，虽然也很想去邻家奶奶家，怎奈离得太远，很多时候都只是想想而已。可是我怎么也没有想到，会有那么一天……

那天一边吃午饭，母亲一边叹气，说邻家奶奶的病恐怕很难好了。我一听就急了，非要让母亲带着我去看看她。可是母亲执意要我安心念书，说等到礼拜天一定带我去。我懂事地点点头，吃过午饭就去上学了。

可是那天傍晚，放学回家的我刚把书包放在炕上，妈妈就红着眼圈长叹一声，说邻家奶奶已经走了。听到这个噩耗，小小的我一下子愣在原地，泪水夺眶而出。妈妈心疼地把我搂进怀里，我却执拗地挣脱出来。我恨自己中午没有坚持自己的想法，没能及时去看邻家奶奶最后一眼。作为对自己的惩罚，那顿晚饭我没有吃。妈妈流着泪告诉我，那是邻家奶奶的意思。她虽然很想我，可又怕我看到她瘦得皮包骨的样子害怕。执意让妈妈隐瞒她病重的消息，不让我知道。听了妈妈地解释，我的泪水更是扑簌簌地落个不停！

时光如白驹过隙，转眼我已步入中年，每到“阳春三月麦苗鲜，童子携筐摘榆钱”的时节，看着那层层叠叠缀满枝头的榆钱，泪水就止不住地溢满眼眶。在晶莹的泪光中，我仿佛又看到邻家奶奶那簸着榆钱的双手，那望向我的慈爱的笑容。

童年的美食与玩具

想起童年，就想起那些吃喝玩乐的经历，在那些缺吃少穿的年月里，尽管很难吃上像模像样的零食，却丝毫没能降低我们的幸福感，因为贫穷的我们，自有不必花钱的零食可以享用，只不过那些零食不在商店里，而是长在田野里、小河边……

每逢春暖花开，我们便三五成群地奔向田野。不是去寻找春天，而是去品尝美味的零食：那春风中轻轻摇曳的白茅，在不知不觉间孕育出鲜嫩的毛锥锥，小心翼翼地抽几茎出来，攥在手里，剥开外面葱心绿的表皮，就露出白嫩嫩的花蕾。吃到嘴里，清香怡人。粉红色的猪妈妈（地黄）花儿，也成群结队地在风中袅娜地开着，蜂飞蝶舞过后，把甜甜的花蜜丢了，被我们这些嘴馋的小孩子捡了漏儿。揪下来直接放进嘴里吮吸，有种甜甜的味道。心急的紫花地丁，一边举着藕荷色的小花朵招蜂引蝶，一边藏着小茄形的绿果实，默默结子。只是那嫩嫩的小茄果无论藏得多么严实，都逃不过我们的火眼金睛。里面白嫩清甜的籽粒，很多都被我们放进嘴里尝了鲜。

到了夏天，那些龙葵的果实——小紫榴榴儿，就陆续成熟了，一簇一簇地悬挂枝头，就像一团团紫色的梦幻。让我们忍不住去触碰去采摘。每次吃到嘴里，那些酸酸甜甜的汁液瞬间美好了淳朴的童真。还有善于伪装的酸辣辣苗，它的叶子长得颇像幼年的狗尾巴花，但只要掐下一片放进嘴里嚼一嚼，立刻原形毕露，因为狗尾巴花的叶子是没有酸味的。而酸辣辣苗的酸几乎可以与食醋相媲美了。白茅的锥锥清香四溢，芦苇的根清甜直沁心脾，黄豆大小的荸荠豆儿和蚕豆大小的黑地梨儿，都藏在靠近岸边的青泥里，得用小铁铲才能挖出来。初秋，我们还能吃到田野里纺锤形的沙奶奶（嘎巴）和罗摩果。咬上一口，果实里就会渗出奶白色的汁液，清爽甜美至极。

在那些没有饮料的岁月里，家家户户都会在夏天自制一种可口的饮料——食醋糖精水，喝起来酸甜可口而又清凉过瘾。

吃喝虽然很快活，但也无法代替玩乐带给我们的幸福感。我们这些贪吃又贪玩儿的孩子，在那玩具奇缺的年代里，几乎都能就地取材，玩着各种开心的游戏，虽然俭省，却有着无限的乐趣。我们既玩儿荠菜、黑枣和蒲公英的种子，也玩芦苇的茎秆儿和杨树叶子。

荠菜的种子老了以后，种皮外面就布满浅灰色绒毛，而那白色的种脐处像个尖尖的嘴儿，我们就把它们唤作小鸡儿。从荠菜秧上剥出四五粒种子，放在一张白粉莲纸上，捧在手里，低着头，放开嗓子，使出浑身力气“小鸡——儿——，小鸡——儿——”地大声叫喊着，声音把白纸上的种子震得跳起来，落下去，落下去又跳起来，到处移动，好玩儿极了。

玩儿黑枣核时，需要在脚下的地上画一个圆圈儿，再分别在圆的左上方和右上方斜着画出两条界线，然后把黑枣核放在圈儿里，用食指的指甲对准小而红、扁而尖的枣核，用力一弹。嘴里说着“一弹弹，二毛连，三三搾，要一把”。在没有出界的情况下，把自己的黑枣核弹进对方的圆圈里，就算获胜。能得到对方给付的三五粒黑枣核，颇有成就感。

蒲公英那曼妙娇小的种子，层层聚集成一个绒嘟嘟的球，只消把这个绒球凑到嘴边，用尽最大的口气一吹，就会有无数把小伞飞向空中。口气越大，那聚集在花柄上带翅膀的种子便飞得越高越远。看着一把把精美的小伞在空中翩翩飞舞，心里的快乐再也按捺不住，都争着抢着化成天真的笑渗到脸上来，携着希望，带着憧憬，仿佛那一把把小伞下，不是蒲公英的种子，而是欢呼雀跃着的自己，是那一颗对外面的世界充满好奇和向往的心！

芦苇茂盛时我们会跑进苇塘里折下苇秆，折成手枪、机关枪、三八大盖枪等，分成八路军和日本鬼子两队，展开枪战。当然，结局永远是一个：日本鬼子被八路军枪毙后倒在地上。因为守着池塘，玩腻了枪战，还会随手捡几块瓦片，比赛打水漂儿。随着"漂儿溜，漂儿瓦，不打仨，就打俩"的口诀，一片瓦茬儿投出去，水面上立刻就会"嗖嗖嗖嗖"地接连出现一溜水漂儿。它们由大到小，由近及远地漂漾开去，美丽极了！因为守着苇塘，顶着大太阳，热火朝天的比赛"摔窟"也是常有的事。只是每一轮下来，我们都要评出谁的窟做得漂亮，摔得响脆……

落叶纷飞时，就一对一地杠着手里捡来的杨树叶子的叶柄。一边杠一边嘻嘻哈哈地说笑着田野里的见闻。或者在沙堆里找些个头匀称的姜石子出来，坐在地上玩儿抓石头的游戏。有时还会举行爬树比赛。脱掉鞋子，等喊口令的小伙伴一声令下，整个人瞬间就会"蹭"的一下，双手抱住树干，双脚也夹住树干，拼了命地往上爬。最先爬到第一个树叉上的人，就是获胜的一方。

就算是河水结冰了，也挡不住我们那一颗想玩的火热的心。去冰上划自制的冰凉船子，就成了我们极为热衷的游戏。

作为大自然的孩子，我们的童年，几乎每个春夏秋冬都跟大自然黏在一起。而广袤慈爱的大自然，在那些物质极度贫乏的岁月中，给我们提供了源源不断的美味和乐趣。渴了，掬一捧小河里清澈透明的水；馋了，摘几串酸甜的野葡萄吃。几乎每时每刻，都能就地取材，随心所欲地玩儿到嗨。一不服气就比赛爬树；一言不合就开始摔跤。春风中戴着柳条帽在野外捉迷藏，夏日里举着小网兜去河边捞蝌蚪，秋天去田野逮蚂蚱，北风中握着皮鞭在冰上抽陀螺……

大自然就像一座丰富的宝库，里面有美食，有玩具，还有孩子们恋恋不舍的快乐和幸福！

阳光下的“淀之梦”郊野公园

周日，与两位好友自驾来到雄安新区的“淀之梦”郊野公园。推开车门，清风拂面，格外凉爽。经过一段林荫路，走下一个斜慢坡，我们就踏上一条水榭长廊。

长廊曲曲折折通向远方，将开阔的水面隔开。时而折向北，时而折向南，时而平铺向前，时而拾级而上；高低相间，错落有致。有个地方中间拱一座桥，与水中的倒影浑然一体，从侧面看过去，就像一把美丽的六弦琴静卧在水面上，幽幽地弹奏着水乡情韵之美。

沿着蜿蜒的水榭一路向前，一会儿拐进一座亭子，一会儿登上一栋楼阁。让我们惊喜连连。紧挨着水榭的青青芦苇和菖蒲，调皮地把尖尖的头伸进扶栏的空隙里，仿佛在好奇地张望。

阳光活泼而又轻盈地在水面上跳跃着，闪着动人的光芒。远处丛丛簇簇的芦苇旁，时有水鸟“嗖——”的一声飞到空中，又俯冲下来，斜着身子横掠在银光闪烁的水面上，欢快的鸣叫声与浮在水草上的青蛙唱和响应，在我平静无波的心湖，激起兴奋的浪花。低下头，清澈透明的水里，鱼儿们时而呆呆地一动也不动，时而飞快地游向远方，让我想起柳宗元《小石潭记》中的句子："佁然不动，俶尔远逝，往来翕忽。"它们那纵情嬉戏的小身影一览无余，尽收眼底。那些力气大些的鱼儿们动不动就跃出水面，轻盈的"啪啪"声不绝于耳，起落处溅起雪白的水花儿，引得我们惊喜地叫出声来"快看，飞鱼！"

水草们随着风向扭动着婀娜的身姿，沉浸在明澈的水波中。一片片圆润而又碧绿的荷叶，娴静地平铺在微波荡漾的水面上，随着波浪漂来荡去。一只嫩黄的小青蛙，静静地蹲在一团厚厚的海绵状的水草上，鼓着两只圆圆的大眼睛，好奇地仰着头，不知是望着天空，还是在望着头上的我们。我轻轻地拍了两下手掌，又连续跺了几下水榭的木板，想吓一吓它，看它分分钟钻进水里的惊慌。然而小青蛙却丝毫没有受到惊扰，仿佛老僧入定一般，始终保持着仰头向上的姿势。

这时，一只蓝色蜻蜓飞过来，细长的尾尖轻轻点出几圈漂亮的涟漪，又倏地飞出我的视野。鸟飞，鱼跃，蛙泳，虫鸣。清幽静谧而又欢快活泼。我这颗老气横秋的心，无形中就被这清新灵动的画风荡涤一新，变得年轻活跃起来。

"快来给我俩拍照。我俩要与芦苇合影。"沉浸在美景中的我，被好友的招呼声惊醒，这才回过神来，赶紧掏出手机，把好友各种清纯优美的造型与美景一并定格在自己静心构筑的画面中。

一路拍，一路笑声不断。一好友忍不住感慨：早知道有这样的好地方，当初不远千里去云台山，去黄河三峡干吗？附近这块水草丰美的湿地公园已经够让人心旷神怡的啦！不知不觉间，橘红色的夕阳把水面染成青红两种不同的颜色，眼前的景象，竟然让我随口吟出"一道残阳铺水中，半江瑟瑟半江红"的诗句。此刻，水面上的颜色呈现出红黄青蓝灰几种颜色，由浅到深地铺向远方，直到被淹没在水天相接处的阴影里。

在水榭长廊上流连到夕阳完全沉下山去，我们才恋恋不舍地走下长廊。这时的郊野公园，已经笼在一片薄薄的雾霭里。暮色四合，那些曲曲折折的水榭长廊亭台楼阁，正一寸寸融进无边的静谧。

做个有情怀的人

“清夜无尘，月色如银。酒斟时，须满十分……”老赵反复记诵着苏东坡《行香子·述怀》里的词句，态度认真到没有十万火急的事情，我都不忍心打扰。

自从得知初一办公室掀起一股学习古诗的热潮后，老赵就坐不住了。当即决定，我们初三年级组也不能落后，一定要抓紧时间学习古诗词。经过商量，决定先从苏东坡的词开始背诵。说学就学，当天就去跟校长索要了一块以前上课用过的小黑板儿，放在办公室的窗台上。

老赵则从手机里翻出苏东坡的《行香子·述怀》来。专心致志地写在上面。然后轮番背诵。或声情并茂，或顿挫抑扬，韵味十足，其乐无穷。为了让我们深刻理解这首诗，老赵还翻出“叹隙中驹，石中火，梦中身”这几处典故来。“石中火”“梦中身”自不必说，单是这个“隙中驹”，就大有学问：原来古人称日影为白驹，白驹过隙形容日影移过墙上窄窄的缝隙，极言时光之短暂。虽然我以前也曾用过“白驹过隙”这个成语，对于它的来历却不甚了了。通过学习苏轼这首词，才透彻地明白，原来白驹是专门用来形容日影的。

转过天来，老赵经过精挑细想，最终确定把苏东坡的《蝶恋花·春景》写在小黑板上。她捏起粉笔，一笔一画，工工整整写在上面。字体端正中蕴着灵动、娟秀中透着洒脱。令人赏心悦目，使得这首词越发可亲，不知不觉间便吟咏出来：

蝶恋花·春景

苏轼

花褪残红青杏小，燕子飞时，绿水人家绕。枝上柳绵吹又少，天涯何处无芳草。

墙里秋千墙外道，墙外行人，墙里佳人笑。笑渐不闻声渐悄，多情却被无情恼。

吟咏之间，一幅江南暮春景色图便徐徐展开，诗中的画面渐次浮上脑海，宛在目前。褪却残红的杏花化作小小青杏，人家屋檐下的燕子在湖面斜掠，尾尖轻点，涟漪轻漾。春风拂过，柳絮飘飞，虽然越来越少，但芳草萋萋，早已绿遍天涯海角。墙里秋千上的佳人，笑声清脆动人，墙外路过的行人不禁为之怦然心动，忍不住驻足聆听。一墙之隔却无法相见，直到那笑声渐渐变小消失不见，行人还呆呆地伫立在那里，怅然若失，感叹“多情却被无情恼”。

据说，苏轼曾经把这首词拿给妾妇王朝云看，并让她唱出来。王朝云看着手里的这首词，未等唱到一半便已泪流满面，再也唱不下去。王朝云多年陪伴在苏轼左右，对苏轼的心思相当了解，可以说是苏轼的红颜知己。所以王朝云去世后，苏轼绝口不再吟诵这首《蝶恋花》。

苏轼的一生，自“乌台诗案”离开京都之日开始，缕遭贬谪，黄州、密州、惠州、琼州……不但在东坡亲自耕种土地，贴补家用；而且在岭南度过“日啖荔枝三百颗”的日子，甚至一度被贬到更加蛮荒的海南岛，其中的艰辛苦涩和颠沛流离也只有他和身旁的王朝云懂得！

一天一首东坡词，于诵读思考间，品味蕴藏在字里行间或沉重或飘逸或落寞或超脱的情感。经过日积月累，不但对他的才情有更深刻的领悟，而且对他宦海沉浮的情感历程产生新的理解和体悟。从而在遇到不顺心的事时，能够像苏东坡一样“且将新火试新茶，诗酒趁年华”，从容面对，做一个有情怀的人。

快乐的冬天

冬天的早晨是透明的。懒懒地钻在被窝里，一边享受着勤奋的阳光执著地穿透窗玻璃对自己温情地照射与抚摸，一边欣赏着窗玻璃上那些茂盛的热带丛林和美丽的童话城堡，还有各种各样的花鸟虫鱼。不自觉地就进入了想像的世界奇妙的空间。甚至产生了去热带丛林探险的冲动。不错，冬天的快乐从早晨就开始了！

吃过早饭，迎着明媚的阳光行进在去往学校的路上。清爽的风里尽管包裹着些微的凛冽，但由于冬衣的英勇阻挡并没有感到刺骨的寒冷。路旁的树木们卸下了所有的武装，就那么笔直地站在那里，静静地沉思默想，做着美丽的春天的梦。任明媚的杏黄色在它们的身上愉快地穿梭跳跃。空气里到处布满清新的味道，还透着那么一点点冬天特有的芬芳和清凉。我的小曲儿也随着这些明媚的杏黄色一起跳跃穿梭在这条熟悉而又亲切的水泥路上。

进入校园，一股朝气蓬勃的热浪扑面而来。大体而言，北方的冬天是闲散的，唯独这校园永远像一颗跳动的心脏，充满生机与活力。课上书声朗朗，课下活力四射。孩子们年轻纯朴的脸上笑容荡漾。即便偶尔搓手跺脚用嘴往手上哈两口气，脸上也是开心地笑着。

如果是雪天，操场上的欢声笑语就像串串风铃，清脆优美地在空气中播洒，一团团一阵阵，此起彼伏，不绝于耳。雪球是开心最美的道具，它们被孩子们的快乐翻卷着，推动着。一会儿变成一个雪做的轮子，一会儿变成一个眉眼齐全活灵活现的雪人，一会儿变成孩子们怀里的雪团，一会儿又变成在空中四散飞溅的梨花雨。此时此刻，天空的颜色由明媚的杏黄色变成了沉稳的铅灰色。尽管没了阳光，但孩子们脸上灿烂的笑容足以为这铅灰色涂上缤纷的色彩。

冬天的午后，是一天中最温暖的时光，三三两两的同事们喜欢搬把椅子，坐在室外的明亮煦暖的阳光里。慵懒得聊着孩子或家常，或者只是静静地坐着，贪婪地享受着阳光那轻柔而又暖洋洋地抚摸。身临其境地体味着“静观庭前花开花落，闲看天上云卷云舒”的心境，岂不快哉？！

漫长的冬夜如果用来读书，那真是再幸福不过的一件事了。就着灯光，捧着书卷，或坐或卧，或斜倚或横趴，一行一行地浏览，一句一句地品味，不知不觉间就到了深夜。然后打个呵欠，伸个懒腰，恋恋不舍地看一眼手中的书，逼迫自己放在枕边后方可安然入睡。每当冬夜来临，都会这样伴着书香安享时光的惬意，虽然有时也会不求甚解，但渐入佳境时也不乏五柳先生那种“每有会意便欣然忘食”的境界。

冬天的快乐从早上发芽，伴着瑰丽的想像开始，直到深夜子时，枕着醉人的书香入睡，我怎么会觉得冬天不快乐呢？

第五辑　健康养生

身体永远是做事的本钱，身体健康才能自由喜乐。养生越早开始注意越好，而不是人到中年了再开始。注意吃的营养和健康，就能防止“病从口入”；时刻保持乐观心态，就能防止“病由心生”；再加上适时适度的锻炼，避免长期熬夜，一定能身体倍儿棒，吃嘛儿嘛儿香！

既当美食又当药的茅根

下午第二节课后，独自去操场上散步。

连着几场秋雨过后，凉凉的秋意中透着几分清冷。操场上湿润润的，一片片新出来不久的车前子绿得让人心生爱怜，还有各种即将迈向生命尽头的杂草，在轻柔的秋风中摇曳。在这些高低错落的秋草中，有两丛甚是与众不同，狭长的叶子片片向上，叶片边缘或金黄，或橙红，煞是别致。看到它的一刹那，有种似曾相识的感觉。于是快步走过去，拔下一棵。根很细很白，虽然分节不明显，但是凑近鼻子一闻，却有种清新而甘甜的味道。对，是久违的茅根散发出来的清甜。于是，那些关于茅根的记忆瞬间在脑海里蔓延开来——

在那些童年岁月中，每到春天来临，丛丛簇簇的白茅就舒展着嫩绿的腰身比着赛着往高里窜。在明媚的阳光和煦暖的春风里轻轻地招摇。白茅的芯里很快就萌发出一茎圆鼓鼓的茅锥锥，就像怀胎的小麦。当它们长到两寸长左右时，我们就会捏住它，慢慢将它从里面均匀不断地用力抽出来，就像抽取蒜苔一样。

当把这些碧绿的茅锥锥由外而内地整个剥开时，那些白得发亮而又鲜嫩的部分享用起来味道甘甜鲜美，口感柔软嫩滑。等茅锥锥们长大后，就撑破绿绿的外皮，变成蓬松的白穗子，像极了松鼠那条毛茸茸的尾巴。

当田边沟渠上那些摇曳多姿的白尾巴变了颜色时，知了们就会趴在高高的枝头或钻在茂密的叶子后面，一声紧似一声地叫个不停。而我们也会各自拿上自己的采挖工具，相约着去田野里比赛采挖洁白如雪的茅根。遇到色白节长的茅根，总是迫不及待地塞进嘴里大嚼特嚼；而那些色黄节短的铁茅根，会直接被我们扔进框里背回去，晒干后打成糠，成为家猪的美食。

这些再普通不过的茅根，在那些贫穷的年代，既成为一种美食，也有着不可替代而又珍贵的药用价值。

《诗经》中的"颂"就曾这样记载白茅："春生芽，布地如针，俗谓之茅针，亦可嗽，甚益小儿。夏生白花茸茸然，至秋而枯。其根至洁白，六月采之。"里面既提到白茅的生长情况和特征，也写了它的采收和药用功能。

东晋医药学家葛洪《肘后方》，对茅根的药用功能和用法有如下记载："竹木入肉，用白茅根烧末，猪脂和涂之。风入成肿者，亦良。"说明当竹签或木片不小心嵌入肉里，可以用茅根烧成末，跟猪油和在一起涂在上面就能好。包括风邪入侵导致的肿痛，用这种方法也很见效。

"药王"孙思邈的《千金药方》中也明确记载了茅根的药用价值和用法："解中酒毒，恐烂五脏：茅根汁，饮一升。"说明茅根汁能够有效解除酒精中毒。他的《千金翼方》还记载了治疗吐血不止的方子：白茅根一握，水煎服之。

除了以上古人对茅根药用功能地记载，茅根还能有效降低高血压，对急性肾炎也有很好的疗效。尤其对感染性肝炎有很好的疗愈功能。

小时候，只是因为喜欢吮吸茅根里甜甜的汁液，就常在采挖它的过程中享用它的甘甜，并不知道它还有这么多防病治病的功效。现在知道了，可是却很难再见到它在风中摇曳的身姿了。

又见茅根，带给我许多美好的童年回忆，可是一想到这种乡野里可爱而又与健康密切相关的植物，面对农药和除草剂的双重夹击，就要在我们的视野里消失殆尽时，就开始有种隐隐的疼痛袭上心头。

奇“香”无比的“臭”蒿子

小时候，母亲告诉我，地里那种长得像柏树的野菜叫臭蒿子，奇臭无比，离得越远越好，就算是打猪草，也一定不要割它回家。我本来就对这种其貌不扬的小白蒿子没有好感，一听说还那么臭不可闻，就格外对它嫌弃。所以每次只要一见到它，都会远远地避开。

那时，幼小的我总觉得母亲说的话就是真理，所以每天傍晚去打猪草，一看见顶着一簇簇小白花的细叶蒿子，就离得远远的，从不曾靠近。如果有小伙伴想接近它，还会煞有介事地警告他们离得远点，仿佛离得近了会让自己遭受多大损失似的。而那些茂盛的小野苇子、水稗子、酸辣辣苗、打碗碗花、紫花地丁、狗尾巴草，甚至蒲公英和车前子等，却颇受我们的欢迎，不由分说，割下来就麻利得放进柳条框里。唯独剩下那臭名昭著的蒿子在春风中独自凌乱。

年龄渐长，知识渐丰。不再盲目相信大人的话，偶尔对书中的定论或老师口中的说法，也开始通过查阅相关资料或实际观察、闻嗅、品尝得出自己的看法了。

忽然有一天心血来潮，脑洞大开，竟想起被自己厌恶提防了很多年的臭蒿子来，于是走近一棵尚未开花的臭蒿子，伸出右手的拇指和食指，轻轻掐下半茎枝叶，捻碎，凑到鼻前仔细闻嗅，那股浓郁的香甜气息顿时盈满整个鼻腔，那芳香又甜美的气味既有点像二月兰，又有点像艾叶，跟槐花还有点接近，却比槐花香甜得更夸张，更有个性。但无论怎么有个性，也都还在香甜的范畴之内，与臭没有任何瓜葛。难道这就是母亲口中的奇臭无比吗?

为此，我还专门回家问母亲，臭蒿子到底臭不臭。母亲那不容置疑的表情和神态，好像在质疑我为什么竟然问出如此弱智的问题，见我不问出个所以然来决不罢休的劲头，才不紧不慢又是很不屑地回答道："这还用问吗，臭蒿子当然臭啦！不然为啥叫臭蒿子？！"

"可是，您老真的亲自闻过它的气味吗？"我追问道。

"没有啊，那么臭，闻它干吗？"母亲的回答从容不迫且理所当然。

蒿子闻上去香气扑鼻，勾起我这枚吃货无边的食欲。因为怕稀里糊涂地中毒，通过上网查阅，知道母亲口中这种白花蒿子又叫茵陈、青蒿。为屠呦呦荣获诺贝尔科学医学奖的青蒿素，就是从它身上提炼出来的。近些年白蒿的身价长得很快，被称为野菜界的"黄金"，具有很高的食用和药用价值。

看来，一直被以"臭"冠名的它非但人畜无害，还能通过凉拌、蒸肉、煮粥等方式成为上等的美味。且有增强人体免疫力、轻身益气、保肝利胆、抗衰防癌的诸多功能。于是赶紧去田野里采摘了一些，回来用开水焯好，凉拌了一盘儿。还别说，吃上去虽然稍微有那么一点苦涩，但那浓郁的香甜味道依然令人满口生津。那是一种跟其他野菜相比，区分度很高的独特味道，享用过后久久不能忘怀。

吃着香甜可口的蒿子，不免为自己之前人云亦云的浅薄感到惭愧。倘若不是自己后来突发奇想，非要亲自去闻嗅它的气味，品尝它的味道，怎么会知道这种被人们喊了若干年的臭蒿子却是奇香无比的美味呢？面对这种时时在我们身边的常见的野菜，我们尚且没有耐心去观察和了解它，何况面对一个时时处处都可能发生变化的活生生的人呢？还是静下心来，去了解一个人的气质和内涵吧，就像了解我们身边的这种野菜。

“轻食主义者”的减肥秘籍

最近，意外邂逅了调到城里的同事小芳。才半年不见，她的变化让我吃惊：原先的小眼睛突然变得大而有神了，原先的水桶腰也变得苗条可人了。

“小芳，你是吃了特效减肥药了，还是喝了特效减肥茶？才半年不见，怎么身材这么苗条了？”小芳抿嘴一笑：“冬妾，想取经总得付出点代价吧？”

“那是，碰到一起不容易，咱去‘转角咖啡时光’。”我们边说边走进身边的咖啡店，找个靠窗的位置坐了下来。

“小芳，各种减肥方法我几乎都试遍了，可结果总是以反弹而告终。最后我终于在一档电视节目里找到答案：我没有减肥的天赋。”当我滔滔不绝地把自己减肥的挫败感一股脑儿地说出来时，小芳被我逗笑了。笑完，她便开始介绍自己的瘦身经验：“冬妾，我从来没有刻意减过肥，觉得只要胖得健康也没什么不好。自从半年前在网上遇到阿莲，就不知不觉地被她同化，成了一个不折不扣的‘轻食主义者’。”

经过小芳的介绍，我才知道现在正流行“轻食主义”。“轻食”就是和大鱼大肉相对的清淡、自然、均衡、健康、无负担的饮食。具体指低糖、低盐、低脂肪、低热量和高纤维高营养的食物。“轻食主义者”强调的用餐原则就是简单、适量、均衡而营养，少吃油炸多吃蒸煮炖的食物，且每顿都坚持吃到七八分饱，从不暴饮暴食。

“像我，以前吃东西可快了，一顿饭十分钟就搞定。现在我习惯了细嚼慢咽，没有半个小时下不来。”小芳慢条斯理地说着自己的改变。我的眼睛睁得越来越大：“我也想慢慢吃，可是慢不下来呀，感觉细嚼慢咽好麻烦，半天吃不了多少东西，可是胃早就饿得不行了，不狼吞虎咽不过瘾啊。”小芳又被我逗笑了：“以前的我和你一样，不过还有别的办法呀，比如我一般在饭前先吃一两个水果，或者先喝一碗儿汤汁，让空空的胃里有点东西垫个底，再吃自然就慢下来了。而且我发现吃饭的速度一慢下来，饱腹感就会上来，想多吃也不能够了。这样坚持了半年，不但身体上的不适感没了，而且连精神都不像以前那么容易倦怠了。尤其让我感到意外的是，竟然瘦身成现在这个样子了。就要过年了，‘轻不轻食’随你喽。”

小芳介绍完她的独家减肥秘笈不忘善意地提醒我。是啊，马上就要过年了，为了向健康苗条的身材靠拢，我得从这个春节就开始“轻食”，吃得简单清淡，不暴饮暴食，让自己的肠胃和身体真正得轻松起来。

养生，从细嚼慢咽开始

几天前与几位同事共进午餐，我是最后一个放下筷子的人。有的同事很是不解，觉得我吃饭简直太慢了。另外就有同事跟他解释，说我的牙不好，所以才会吃得这么慢。我吃饭慢是事实，牙不好也是事实。但因为牙不好才吃得慢却不是事实。

中学时代的6年住宿生活，让我练就了狼吞虎咽的本领，无论哪类食物，都能做到风卷残云！所以体重成功超过了应有的标准。成了一个连自己都嫌弃的小胖子。高中三年是我最胖的时期，那时千方百计地减肥，没有一次成功过，直到毕业，依然是四方大脸的肥妞一名。因为胖，每次参加县运会，推铅球项目里都会有我的身影。

胖的这十多年中，我千方百计地想减肥且付诸了行动，可结果总是无功而返。跑步、节食、晚睡、只吃蔬果不吃主食，甚至尝试过辟谷，可惜没有一次成功过。那时居高不下的体重，一定用一种不屑的眼神嘲笑过我。

参加工作后，体重依旧岿然不动。于是读书时就格外注意与保健减肥有关的内容。后来不知在哪本书上看到一句话：动脑是最有效的减肥妙招。再后来又在一本书上看到一种说法：吃饭时一定要细嚼慢咽，因为饱腹感 20 分钟到 30 分钟才会产生，如果几分钟就把一顿饭搞定，极有可能会吃撑。

下定决心后，我开始想办法减慢吃饭的速度，也就是从细嚼慢咽做起，所以每次拿起筷子，第一件事就是进行自我心理暗示：慢慢吃，一定要慢慢吃，一定要细嚼慢咽。经过几个月的坚持，细嚼慢咽终于成了我的用餐习惯。不用再特意暗示自己，速度也不再像以前似的狼吞虎咽了。那时正是“牙好，胃口就好，吃嘛嘛香”的年纪。

有一次在大姑家，跟表妹一起吃早饭。不一会儿，表妹就撂筷了，说已经吃饱了，而我还在慢吞吞地吃。等把手里那个馒头消灭干净，撂下筷子时，表妹问我那么半天吃了几个馒头，我说正好一个。然后表妹语重心长地劝我说：“你吃饭太慢了，以后得吃快点！不然很多人一起吃饭时，你还没吃饱，人家就已经把东西吃完了。”我看着她，笑而不答。心想，好不容易养成的好习惯，说丢就丢的话，那不是自废武功吗？

闺蜜每年寒暑假归来，请她吃饭时，都打着减肥的名义拒绝或者少吃，体重也是时轻时重，始终没能减到自己理想的状态。偶尔我也会小心翼翼地提醒她一句，要慢慢吃。她开心时就笑，不开心时就反问我：你说得倒轻巧，多年养成的吃饭习惯哪儿能说改就改？你敢情事儿少。我这一天忙的什么似的，吃那么慢得耽误多少事啊？！

真的是因为吃饭慢就会耽误很多事吗？我看也不尽然。一日三餐，如果你给自己留出的时间太短，当然稍一耽搁就会出问题。可是如果你给三餐留出充裕的时间，就不会有时刻被人或事情在后面催逼的感觉了。所以，吃饭慢并不是耽误事情的罪魁祸首。真正的罪魁祸首是自己不重视吃饭，给吃饭留出来的时间太短了，仿佛一天中要做的任何一件事情都比吃饭要重要得多，这才把本该好好吃饭的时间压缩了又压缩，压缩到必须狼吞虎咽才能保证抓紧时间去干别的事情，哪怕是出去跑步或跳广场舞。这样压缩吃饭时间的结果就是身体会在不知不觉中慢慢发福。当某一天察觉到需要减肥时已经晚了。

既然体重是日积月累的结果，那么，减肥也必将是一个漫长的过程。所以减肥对谁而言，都是一项复杂而艰巨的工程，没有谁比谁减得更容易！

减肥，光有决心还远远不够，还要尽力改变长期以来养成的用餐习惯。就算是“江山易改，本性难移”，也要尽全力移，因为凡是减肥收到成效且不反弹的，都是能够管住嘴的。而养生，正是从细嚼慢咽开始的。

吃货与美食家

说起吃货，就想起吃肉。但凡够格的吃货，谁会跟肉过不去？大碗喝酒，大块吃肉的将领，古往今来，比比皆是。张飞是，鲁智深也是，历朝历代的猛将们极少有人不是。就连被尊奉为圣人的孔子和大文豪苏东坡也跟肉有着千丝万缕的关系。

孔子吃肉极其讲究，在《论语·乡党》中，他不但“食不厌精，脍不厌细”，还有七不吃：肉腐烂了，不吃；颜色难看，不吃；气味难闻，不吃；烹调不当，不吃；不按一定方法砍割的肉，不吃；买来的肉干，不吃；祭祀剩下的肉，过了三天之后，也不吃。腐烂的肉和气味难闻的肉不吃，这很多人都能做到。可是，诸如“烹调不当，不按方法砍割，买来的肉干和祭祀剩下的肉”均不吃，就未必是大多数人所能做到了。

苏东坡的吃肉也很讲究，曾戏作《炖肉歌》：“慢着火，少着水，柴火罨焰烟不起，待它自熟莫催它，火候足时它自美。”可见，他喜欢小火慢炖。“东坡肉”的烹制便是明证。

看来，无论是孔圣人还是苏学士，都是不折不扣的美食家。而张飞、鲁智深等生龙活虎的猛将则是名副其实的吃货了。同样是吃肉，就有了吃货与美食家的分野。

古代限于生产力，吃货们在普通百姓间少之又少。时至今日，饭店林立，吃肉的群体越来越庞大，吃货们更是如雨后春笋般层出不穷。兼顾养生的美食家也应运而生。

吃货的世界重在一个“吃”字，所以若有人问及饭菜滋味，吃货们大多会一边大快朵颐心无旁骛地回答“香，好吃，过瘾”，头也不抬地继续风卷残云。而美食家的世界除了滋味以外，更讲究色彩和营养的搭配。颜色的深浅，味道的浓淡，荤素的比例，营养的均衡甚至火候的大小，无一不在考虑范围之内。

若用饮酒打个比方，吃货们体现出来的大多是一饮而尽的粗犷豪放，而美食家们更接近慢品细酌的细腻优雅。酒不在多而在能否尽兴，食不在多而在是否精美。

吃货与美食家，各有各的讲究。吃货们讲究的是：量够不够足，味够不够香，心情够不够快乐；美食家们讲究的是色香味够不够纯正，荤素营养搭配够不够均衡，火候够不够适中。吃货们追求的是尽兴过瘾的快意十足，美食家们追求的是十全十美的赏心悦目。

吃货们只要一说到吃，便口若悬河，滔滔不尽，很难见他们摆出一副生无可恋的面孔。美食家们只要一想起吃，马上开始琢磨，怎么把菜肴做得独一无二，色美味鲜，且营养全面，造型独特。恨不得把每一道菜肴都当成一件艺术品去构思和烹饪。

做个彻头彻尾的吃货吧，给幸福感提供爆棚的机会；或者修炼成一个优雅知性的美食家，让自己的幸福感细水长流吧。

健康和吃肉哪一个更重要

晚上与嘟嘟闲聊，她说，曾在医院里看到一个糖尿病病人，不到十分钟就把一只烤鸡吃了个精光。我说，“糖尿病病人不是要严格控制饮食数量吗，他怎么还敢一次吃完一只鸡？”嘟嘟的眼睛睁得老大：“何止是一只鸡，他还吃了两个猪蹄儿呢。结果血压和血糖马上升高了不少。”

“那就不能少吃或不吃吗？”“谁说不是呀，可是人家说，不吃，解不了馋。”

这句话让我哭笑不得。不过也不得不承认，馋虫上来，若不能马上喂饱，也相当难受。

后来，我在网上跟一个喜欢喝酒的朋友聊天儿，把自己的疑问和盘托出，还真从他那里找到了答案——

问：醉酒那么难受，为什么一起吃饭时还要不醉不休?

答：因为饭桌上酒最值钱，吃一盘子菜才几个钱？喝得越多赚得越多。难受劲儿总会过去的，不能赔了不是?

问：健康和吃肉哪一个更重要?

答：健康时，吃肉更重要；生病时，吃药更重要。所以该吃肉时吃肉，该吃药时吃药。

问：熬夜后遗症很多，比如头晕，易老，最严重时还可能导致心衰，猝死，为什么还要熬夜?

答：玩地上了瘾，刹不住车了呗。

话外音：吃的要过瘾，喝的要过瘾，玩的更要过瘾。什么瘾都过了，恐怕就该过吃药的瘾、打针的瘾、输液的瘾、难受的瘾、担惊受怕的瘾了。

胃被撑到了，我们吃药输液帮助它消化，然后再吃撑。血糖升高了，我们吃药输液把它降下来，然后再升高。这样折腾来折腾去，嘴巴和舌头倒是过足了瘾，只是别的部位也跟着过足了自己不愿意过的瘾。到底是赚还是赔，自己心里比谁都清楚，只是做不到罢了。

记得在网上看到过这样一句话：真正的自由，不是想干什么就能干什么，而是想不干什么就能不干什么。超级喜欢这句话，因为适当的自律是必需的，作为我们最该珍视的健康，尤其需要这种自律能力。管好自己的嘴巴吧。不光要管住它不乱说，还得管住它毫无节制地多吃乱吃。只有真正做到管住自己的嘴，才能得到真正的健康。

“小确幸”的弟弟“小确肥”来了

课余时间上网，冷不丁就被一个新的网络热词“小确肥”撞了一下眼眶子。哈哈，在这网络热词层出不穷的时代，自己的孤陋寡闻越发得不可救药。原来“小确”家的兄弟不止有“小确幸”和“小确丧”，还有个“小确肥”跟在后面。老大“小确幸”，被日本作家村上春树使用后，不久就被网友们玩坏了。于是，“小确幸”的弟弟“小确丧”应运而生。这不，“小确丧”的热度尚未消退，“小确”家的老三“小确肥”就急匆匆满头大汗地跑来了。

一边跑还一边气喘吁吁地辩解：“我不是胖子，我只是‘小确肥’！”听明白他的意思没？“小确肥”，意思是虽然微小但是确实的肥胖，是无论如何都不会掉的体重。

同样是肥胖，加上“小确”两个字，立刻带给人一种清新古雅的感觉。让人觉得这是被幸福的泉水浇灌长大的肥肉。即便字里行间透着些许无奈，也散发着轻松活泼且幽默诙谐的光芒。

说话是门艺术，同样的意思可以有不同的说法，不同的说法会带给听者不同的感受。直接说自己胖，会觉得不是那么舒服，若比较含蓄地告诉对方自己是个“小确肥”，感觉就会明显不同。尤其在自己不胖对方胖，对方一个劲儿说自己胖时，你得体地来一句，你并不胖，有点“小确肥”而已。若自己和对方都胖，话题一旦涉及胖，来一句“我们都是‘小确肥’，欧耶”，是不是一种心心相印惺惺相惜和谐温馨的画风？满满的温暖和感动啊！

“小确肥”们个个都是美食家，是富有生活情趣的人！你也是“小确肥家庭”中的一员吗？告诉你们一个秘密：我们必须吃饱了才有力气减肥。

青青柳叶茶香浓

春日融融的午后，泡一杯绿莹莹的柳叶茶，慢品细酌。微微的苦，浓浓的清香自口中进入，于咽喉处打了一个漩儿，才顺着食道缓缓而下，而那微微的苦涩一直被强大的清香裹挟着沁入心肺。茶香缕缕，袅袅娜娜，悠然于心，久久不绝。兴之所至，作古体白话诗一首：

“轻啜细品柳叶茶，袅袅香气绕周匝。飘然欲仙入幻境，年年盼春摘柳芽。”表达自己对柳叶茶的钟爱之情。

柳叶茶既可用开春采摘之鲜柳芽浸泡而成，亦可把鲜柳芽晒干或焙干储藏起来，随饮随取。还可将焙干的柳芽跟其它茶叶一起冲泡饮用。方法不同，则味道也会有所差异，起到的健身效果亦会略有不同。但无论怎么冲泡，对身体的保健作用都是毋庸置疑的。

在《濒湖集验方》中说，取新柳叶 30 克，置保温瓶中，以沸水适量冲泡，盖闷十多分钟，代茶频饮，有清热，利尿，透疹，解毒，止痛之功效。主治：小便混浊不清，尿频且淋漓不尽等。杨州长春岭寺内的僧人，用柳叶和茶叶混合制成的“消灾延寿茶”，既可以防治黄肿病和筋骨疼痛，又能消灾延寿，非常灵验。所以这一习惯一直延续至今，从未改变。

开春的柳芽除了泡茶喝，也可以用来凉拌或跟鸡蛋翻炒。另外加入玉米面，既可烙成柳芽鸡蛋饼，又能蒸成柳芽团子。吃法多样，味道鲜美，营养丰富，清热、解毒、止痛。

虽然柳芽做成的各种美食的功效，跟柳叶茶的功效大同小异，但我还是更喜欢柳叶茶，因为它更有利于长期储藏。春天的柳叶茶可以一直饮用到白雪飘飘的冬天，而且冲泡柳叶茶和饮用的过程既优雅又诗意。“清泉小烹泉边柳，一钵绿水浮江鸥。”正是：浓浓诗情画意丰，青青柳叶茶香浓。每至惊蛰萌新柳，采芽焙干饮秋冬。

眯着被茶香熏得微醉的双眼，在袅袅升腾的茶香中，仿佛又看到那些悠然采摘柳芽的身影……

中年养生话“薤白”

中午吃饺子时，老爸把自己用醋泡了许多天的薤白贡献出来，让我们姐弟几个品尝。姐姐的筷子最勤快，因为饭前老爸就告诉我们，这薤白可以降血脂，降低总胆固醇。而姐姐前段时间的体检结果显示，血脂和总胆固醇都偏高。再加上喜欢它的味道，所以吃得格外欢快。

人一到中年，诸如痛风啊、血压血脂和胆固醇高啊、心绞痛心肌梗塞啊、动脉粥样硬化脑血栓啊等各种年轻时不大出现的疾病便纷至沓来，这也是为什么中年人更重视养生的原因。近年出现的“喝蒲公英茶热”现象，就生动具体地说明了这个问题。除了饮用具有杀菌消炎效果的蒲公英茶，食用具有降血压血糖的五行草（就是马齿苋），适合中年养生的野菜就不得不说说多功能的薤白了。

薤白，其实是它作为一味名贵中药的名字。作为乡野美味，它还有些更通俗的名字，如小根蒜、野蒜、山蒜……除了新疆和青海，薤白几乎遍布全国各地。湖北谷城县还专门有座山叫“薤山”。

“薤山”原本叫女儿山。后来，名医李时珍带领他的弟子到女儿山上采药，发现山里到处都是薤白。于是，当有人到他的药铺诊脉时，得痢疾的，患胸痹（现在叫心绞痛）的，李时珍就建议他们去女儿山上采挖薤白来吃。吃过薤白的人病情果真减轻甚至痊愈了，这样一来，人们一传十，十传百。很多人都去这座山上挖薤白吃。从那儿以后，女儿山就被当地的百姓称作“薤山”。

那么，薤白到底能防治哪些疾病呢？

唐代诗人白居易诗中曾提到的“酥暖薤白酒，乳和地黄粥”，前一句就是以酥炒薤白投入酒中。薤白酒主要是治胸痹心痛，也就是现在说的心绞痛，心肌梗塞。《食医心鉴》中有薤白粥的记载：“治赤白痢下，薤白一握，同米煮粥，日日食之。”说的是把一握薤白放进水中，同米煮粥喝，就能治疗赤白痢疾。这正好与李时珍在湖北谷城县为百姓推荐的用薤白治痢疾不谋而合。

现代临床医学证明，薤白提取物有抗凝血以及降低血脂和血栓的作用，还能防治动脉粥样硬化的功用。吃了那么多小根蒜，通过老爸严肃认真的介绍，才知道，这种长得像韭像蒜又像葱的野生植物，竟然对威胁我们健康的心脑血管疾病有如此神奇的功效。

既然薤白对我们的健康有如此多的助益，怎么享用这种药食同源的美味呢？

如果吃它葱绿的叶子，可生食，可摊鸡蛋，还可浸在醋里搁适量盐腌制，也是一道集鲜、香、辣、酸于一体的美味。如果食用它的小蒜儿（其实是它窝藏在地下的鳞状球茎），那就与红枣一起炖鸡肉吃，或者煮薤白米粥或跟白居易似的泡薤白酒喝。

同其他野菜一样，薤白也是时令野蔬，有它的季节性。春末夏初时吃它露在地上的叶子，夏末秋初时享用它藏在地下的小蒜儿。

到了春天，很多周围的亲朋好友，都去地里挖荠菜，搜罗蒲公英，还有采集苋菜和长寿菜的，像我一样钟情于小根蒜的人还真不多。没办法，我就好吃这一口。感觉它的味道既有个性，又博采众长，它把韭菜、葱和蒜的优点集于一身，相似却又不同，瞬间勾起我很多回忆……

神奇的小蓟

惊蛰通地气后，各种野菜跟竞赛似的从地里钻出来。对野菜颇感兴趣的人也开始利用业余时间，提着塑料袋儿，拿着小铁铲儿，来到田间地头，采挖那些美味十足的野菜，以饱口福。有的人急着采挖素有“野菜之王”美称的荠菜，也有的人喜欢清热败火的苦菜，还有的人对有防癌抗癌、消炎镇痛作用的蒲公英情有独钟。

可是，在众多挖野菜的大军里，却唯独看不见对小蓟的钟爱者。虽然它们成片地长在最显眼的地方，还是被人们有意无意地忽略了。

小蓟在我们这一带俗称刺儿菜，就是因为它的每片叶子边缘都长满了尖尖的刺。不但人不挖小蓟来吃，就是小时候打猪菜都没有人理睬它。我也是从心底里觉得这种野菜侵略性太强，极不待见它。这种感觉正像一首童谣中唱到的：“蓟蓟芽，满地爬。咬我的手，磕你的牙。”躲它还来不及，谁会犯傻去靠近它挨扎呢？

但凡事都有例外，人们对小蓟的态度也有例外的时候。有一年，我跟外公去田野里打猪草，在割一丛小芦苇时，不小心让镰刀割到了食指，鲜红的血瞬间就冒了出来。外公见状赶紧薅了一把蓟蓟芽，放进嘴里快速嚼烂后吐出来，敷在我流血的食指上。说来也真是神奇，眼见得涔涔往外冒血的口子，敷上嚼烂的小蓟叶子后，很快就止住了流血。从那儿以后，我对小蓟竟萌生出一丝好感。

后来跟外婆一起下地又看到小蓟时，我就觉得它比以前可爱多了。外婆指着那些小蓟说，它是牛郎织女的两个孩子的化身。那年的那一刻，牛郎醒来发现织女已经飞天了，急忙找家里的老牛帮他上天寻妻。情急之下，把一双儿女留在了家中。附近的槐树精见两个孩子无人照看，很是可怜，就把他们变成小蓟，叶片上长满尖尖的刺，以防坏人欺负他们。由此，我又对田间的小蓟萌生出一种怜爱之情，再不像从前一样犹恐避之不及，偶尔还会主动上前去摸摸它的叶子。

再后来，我又从医生口中得知，它的幼苗不但可以食用，而且营养价值极高，富含多种矿物质和维生素，还含有大量粗纤维，有收缩血管、利胆、降低胆固醇等功效。用小蓟食疗时，还能止血、消肿、祛瘀，甚至可治愈疮毒、吐血、尿血、便血、外伤出血等。了解了小蓟的这些神奇功用后，我对它的态度发生了 180° 的转变。原来这不起眼的小东西对人类竟有这么多好处！

看来，我们不但不能以貌取人，同样也不能以貌取物啊。